않아는
이렇게   말했다

않아는
이렇게   말했다
"(,   !)"

김혜순 지음   이피 그림

문학동네

차례

애록에서

애록(AEROK)*에서 쓴다.

겨우 여기에서 쓴다.

여기에서 살다가 여기에서 죽을 거다.

겨우 여기에 이렇게 머물다 가려고.

미장원, 고시원, 병원, 은행, 식당, 휴대폰 판매상, 과일 가게, 늘어선 거리에서 머물다가 돌아와 다시 쓴다.

몇 번 버스를 타고, 몇 권의 책을 읽고, 몇 편의 영화를 보고, 몇 번 술을 마시고, 몇 번 엄마를 더 보고, 몇 번 울…… 것이 남았는가.

여기, 애록에서. '더이상 원하는 것이 없음'마저 넘어서. '더이상 살 수 없음'마저 넘어서.

껍데기로 휘황한 가설무대의 도시에서.

가설무대의 나라에서.

분홍색 보푸라기 돋은 스웨터의 털이나 가다듬으면서.

---

* 최인훈은 『태풍』에서 '애로크'라는 명명을 사용했다.

우주에 홀로 떠 있는 지구별의 고독.

이 고독한 별 한 귀퉁이에 붙은, 조그마한 뼈대 같은 산맥들을 품은 나라, 애록. 우주에서 유배 온 어느 곤충들처럼.

물 없는 우물에서 되돌아오는 메아리에 취한 것처럼, 고독에 취해 쓰는 것일까.

여기서
살아가기가.
사랑하기가.

여성의 신체

성경을 뒤적거리고 놀다가 '계란 흰자를 무슨 맛으로 먹겠느냐?' (욥기 6장 6절)라는 구절을 발견했다.

계란 흰자와 같은 것.
해초를 곱게 간 것.
참마 같은 구황작물을 간 것.
양파와 마늘과 양배추를 간 것.
무릎뼈 사이에 들어 있는 연골 같은 것.
나의 소뇌와 대뇌 같은 것.
끈적거리고 비린 것.
여성들이 주로 분비하는 것.
분홍색.

'이런 것을 무슨 맛으로 먹겠느냐?'
아무도 먹지 않을 기억을 계란 흰자 반죽 같은 뇌에 꾸역꾸역 쌓아간다.

어떻게 하면 않아는 누구나 먹고 싶은 맛있는 것이 될 수 있을까?
명상을 하면 될까? 생각해본다.

생활의 달인

지하철역 순서대로 모두 외우기
한국의 산봉우리 외우기
이쑤시개 빨리 정리하기
(심지어 한의원에서 쓰는 침을 단번에 천 개씩 집어올리기)
쟁반 많이 나르기
맥주잔 많이 나르기
밤 빨리 까기
도시락 빨리 정리하기
머리카락 심기
만두 예쁘게 빚기
뜨개질 빨리 하기

이 텔레비전 프로는 이 분야에서 일등한 사람들이 속이 꽉 찬 사람들이라고, 우리 생활의 모범이 된다고, 그들은 행복하다고, 절대로 변하지 않을 가치를 그들은 이미 알고 있다고, 그들은 절대로 우울하지 않다고, 노동과 혼연일체가 되어 있다고 우리를 설득하고 있

는 듯하다. 이 프로를 보고 있으면 않아도 빨리 어느 분야의 달인이 되고 싶다. 침 멀리 뱉기나 책상 정리하기 같은 거라도. 달인들 옆에는 항상 라디오가 있다. 잠잘 때만 빼고 계속 혼자 떠드는 라디오. 시간 밖으로 절대로 나갈 수 없게 시간을 동그랗게 돌리는 라디오. 그래서 앉아는 생각한다. 불안의 전조인 생각이란 걸 또 시작한다. 몸 노동으로 하루를 보내다가 이제 달인이 된 사람들. 세상에 존재해야 하기에 어쩔 수 없이 이쑤시개를 한 손으로 딱 백 개씩 집어 통에 넣는 사람들. 라디오와 혼연일체가 된 사람들. 라디오를 들으면서 희망을 가져야 한다는 디제이의 말에 고개를 끄덕이는 사람들. 희망을 더 가지면 이쑤시개 대신 젓가락을 백 개씩 집게 될까. 먼저 라디오를 듣자. 디제이의 어설픈 잔소리와 진행자들의 농담을 견디자. 우선.

잠언 선생님

잠언 선생님 1이 나타났다 모두 열광했다.
잠언 선생님 2가 나타났다 모두 열광했다.
잠언 선생님 3이 나타났다 모두 열광했다.

잠언 선생님들이 단상에 올라가 잠언 잠언 했다.
출마하건 출마하지 않건 잠언 잠언 했다.

잠언 선생님들 잠언 지으시느라 일은 언제 하실까.

심지어 개그맨들도 잠언 잠언 잠언 했다.
가수들도 잠언 잠언 잠언 했다.

밥 먹을 땐 이렇게
잠잘 땐 이렇게
사랑할 땐 이렇게
생각할 땐 이렇게

직업을 잃었을 땐 이렇게
돈 한 푼 없을 땐 이렇게

잖아는 잠언 선생님들이 내지르는 교훈에 질렸다.
네온사인처럼 태우지도 못하는 싸늘한 불빛에 질렸다.

이를테면 지독하게 아픈 사람에게 잠언 선생님이 말했다.
아픈 만큼 성숙해진다(아프면 죽는다).
아프니까 너다(아픔을 참으면 죽는다).
실컷 아프거라(결국 죽는다).

잠언 하지 않는 사람이 드물어졌다.
일은 안 하고 일 주변에서 모두 잠언 했다.
작업복을 입고 잠언 하러 가는 사람들.
무서운 사람들이 좋아하는 잠언.

이웃나라에 이런 사람이 있었다.
개그 프로에 나와 사람들을 실컷 웃겼다.
오락 프로에선 자질구레한 일에 목숨이라도 바칠 듯 열광했다.

영화감독 겸 배우가 되어선 영화 속에서 총질을 마구 해댔다.

선량하건 무고하건 마구 죽여버렸다.

그의 방은 사람을 죽이는 소리와 불꽃으로 환하게 명멸했다.

그는 잠언을 참을 수 없었나보다.

죽음의 병상을 둘러싼 산 사람들이

죽어가는 자를 향해

잠언 잠언 잠언 하는 광경!

빛을 향해 가! 똑바로 가! 돌아오지 마! 하는 광경!

솔직한 시여!

학생들이 이 시 참 좋습니다, 라고 하면, 왜 좋으냐고 물어볼 때가 있다.

학생은 대답한다.

시인이 솔직합니다. 자기 경험을 말합니다.

그러면 않아는 학생에게 되묻는다.

그 시인이 솔직하다는 것은 어떻게 알았는지

남의 경험을 꾸며 자기 경험처럼 정렬한 것은 아닌지

시보다는 수기를 쓰는 게 낫지 않은지

자서전, 전기, 역사 중에 가장 허황된 장르는 무엇인지

(않아는 자신의 인생을 재료로 자서전을 쓰는 사람들을 믿지 않는 건지도 모르겠다. 자서전에 쓰인 내용은 그의 실재일까, 아니면 그의 소망일까?)

시에서나 자서전에서 '나는 솔직하다'라는 위선을 머플러처럼 두르고, 시적 자아를 조작한 것은 아닐까?

(어떻게 그 많은 고백을 갈무리해 서사를 꾸며낼 수 있단 말인가?)

않아는 자꾸만 물어본다.

우리는 묻고 대답하면서 '시'에 가까이 다가가고자 한다.

문학은 본래적으로 솔직하지 않다.

시는 언어의 관습적인 사용에 대한 거짓말이며

소설은 현실의 관습적인 사용에 대한 거짓말이다.

어쩌면 작가는 우리가 사라지면 거짓말만 남으리라는 것을 아는 사람이다.

시는 시적 화자가 일상적 자아와 한몸임을 잊을 때.

그 일상적 자아의 내장을 베어 냄새를 흩뿌릴 때.

(마치 몽골의 유목민 아내가 양을 잡은 다음 대장에 남은 똥을 나뭇가지 곁에 흩뿌릴 때처럼)

구축된 건축물이 말(언어) 아래에서 올라올 때. 그러나 구축이 곧 파괴일 때.

그 건축물이 세계를 품었다 뱉을 때.

여기가 아닌 곳을 향해 한쪽 팔을 뻗칠 때.

여기가 아닌 곳에 닿은 한쪽 팔이 기형으로 오그라들 때.

그것을 시라고 불러봐야 하지 않을까.

솔직하기보다는 시인이 저 광활한 우주와 감응할 때.

인생이 연결 고리에 주르르 꿰어지지 않을 때.

정신박약아들의 숙소를 방문하고 나왔을 때처럼 개인의 일상적 경험에서 의미가 증발해버렸다고 느껴졌을 때.

개를 끌고 길거리에 무료히 앉은 아이가 세상 전부를 봐버린 그 순간, 그 막막한 느낌처럼.

도대체 우리의 자아가 무엇이 솔직하고, 무엇이 솔직하지 않은지 어떻게 편 가를 수 있단 말인가.

시를 쓴다는 것은 아무것도 없는 것을 바큇살 가운데에 둔 것처럼 망각의 기계를 전속력으로 돌려보는 행위다. 실용적인 잣대로 판단하면, 아무짝에도 쓸모없는, 이야기의 재료로 삼을 수도 없는 저 부재를 돌려보는 행위다.

반려 가방

　시 축제에 초대받은 시인 중엔 에리트레아 출신 여성시인이 있었다. 에리트레아는 1993년에 독립했다.
　에리트레아의 국기는 초록, 빨강, 파랑으로 되어 있다.

　초록은 농업과 숲
　빨강은 독립을 위해 흘린 피
　파랑은 홍해
　올리브 가지 문양은 희망

을 뜻한다고 했다.
　시인은 에리트레아에서 살 때 감옥에서 고문과 학대를 받았다. 유럽 여러 나라에서 불법 체류자로 살다가 최근에야 이탈리아에서 망명이 받아들여졌다. 이 여성시인은 어디를 가나 자신의 트렁크를 끌고 다닌다. 가방은 방에 두고 나오세요 해도 절대 그 큰 가방과 떨어지지 않는다. 시를 낭독할 때도 트렁크를 끌고 무대에 올라간다. 마치 우리나라에서 가수 뽑는 오디션 프로그램 패자 부활전에 올라

온 아이들처럼. 그녀는 트렁크와는 한시도 떨어지지 않는다. 늘 곁에 두거나 줄에 끌고 다니는 비만 강아지 같다. 다 같이 차를 마시러 갈 때도 끌고 가고, 시인들이 밤에 춤추러 갈 때도 끌고 간다. 한번은 그 안에서 조그만 돌 다섯 개를 꺼냈다. 우리에게 공기 시범을 보이더니 할 줄 아는 사람 모이라고 했다. 신기하게도 모두 공기놀이를 할 줄 알았다. 마지막에 점수를 올리는 꺾기 방법만 조금씩 다를 뿐. 공기 대회에서 아프가니스탄, 인도, 남쪽 애록에서 온 시인이 제일 점수를 많이 땄다.

낭독회에선 에리트레아에서 온 여성시인이 가방과 함께 무대에 올라가 시를 읽었다. 아니 울었다.

롤롤롤롤롤롤롤롤롤롤롤롤 롤롤롤롤롤롤롤롤롤

에리트레아 숲에서 우는 새가 분홍 꽃잎 같은 혀를 울려 내는 소리 같았는데 번역도 필요 없고, 영어 자막도 필요 없었다.

문학이라는 제도 밖에서 우는 새소리였다.

소리 환자

휘장을 두른 침대에 귀 환자들이 누워 있다.

점심시간 직후다.

(직장에서 잠시 나와 이들은 단 몇십 분간 귀 환자가 된다.)

한의사가 휘장 속을 돌아다니며

귀에 약침을 놓으며 대화를 나눈다.

귀뚜라미 소리가 나요

의자를 긁는 소리가 나요

키패드를 누르는 소리가 나요

벌레가 울어요

무슨 새인지 알고 싶은데, 꼭 알고 싶은데

두꺼비 소리가 나요

기차가 지나가요

않아는 출입문 번호 키를 두드리는 소리가 나고, 청음을 계속한다
고 대답한다.

(도대체 한 시간에 몇 단위까지 듣는지, 나의 숫자는 일층, 이층, 삼

층…… 오백구십오층, 구천오백구십이층…… 은하계를 넘어 진격한다.)

낮에 들은 음악소리가 잘 때까지 사라지지 않아요는 옆 침대의 목소리다.

휘장마다 다른 소리를 듣는 사람들이 밝은소리한의원에서 귀에 침을 꽂고 누워 있다.

며칠 후가 기안한 것 발표인데요

며칠 동안 감사를 받았어요

앓아는 이럴 이유가 없는데요라고 거짓말한다.

휘장 안에 며칠 후에 뭔가 해야 할 사람들이 누워 있다.

소리를 가득 잉태한 분홍빛 태아처럼 누워 있다.

귀가 말하는 것을 듣고 있다.

이불의 얼굴

몇백 년 된 종택에서 한밤중 검은 마루에 나와 앉아
몸에 좋은 약이라도 되는 듯이
어둠 속에서 검은 포도주를 마시고 있는데
귀신처럼 종부가 다가와 얘기를 한다.
낭랑한 목소리가 어둠 속에 번진다.
내일 아침 같이 산책을 나가자고 한다.
보여줄 것이 산속에 있다 한다.

머리채가 더부룩하고
너는 왜 사니 묻고 싶은 풀들이 산속에 지천이었는데
이제 봄 지나 여름 지나 산속을 걷다보니
그 더부룩한 머리털들 끝마다 좁쌀만한 노란 꽃들이 지천으로 달
렸는데
산속이 다 노랗다고.
노란 싸락눈 덮친 것 같다고.
그것을 꼭 보러 가자고 밤중에 앉아를 꼬인다.

않아는 않아 눈 속에 그려보는 것만으로 만족한다고

그러면 됐다고 종부와 어둠 속에서 승강이한다.

종부는 또 얘기를 한다.

사람들이 자고 나간 뒤에 이불 홑청을 바꾸려 보면 그 사람이 보인다고.

냄새도 다르고, 이불에 생긴 주름도 다 다르다고.

어떤 투숙객은 자는 동안 이불을 오천 번을 꼭 그러쥐었을 만큼 주름을 남긴다고.

또 어떤 투숙객은 이불을 한 번도 펼치지 않은 것처럼, 귀신이 자고 난 것처럼 흔적도 냄새도 없다고.

사람마다 다 다르다고.

잠의 얼굴도, 몸도 다 다르다고.

우리 눈엔 안 보이지만 산속의 노란 꽃눈싸라기도 다 다를 거라고.

어머니도 하기 싫어한다

도마에 칼이 탁탁 부딪히는 소리가 제일 듣기 좋다는 어떤 어머니
의 자식들을 않아는 싫어한다. 칼질하면서 어머니가 행복해한다면
오산이다. 칼질하기 전까지 껍질을 벗기고, 다듬고, 그것들을 사러
갔다 오는 시간이 있었다. 피곤했다. 하기 싫었다. 더러운 흙이 손에
묻었다. 미끈거리는 것이 바닥에 쏟아졌다. 냉장고에서 그릇이 미끄
러져 내용물이 쏟아지고 그릇이 깨졌다. 치워야 한다. 행주를 빨았
다. 칼에 손이 베였다. 이틀만 닦지 않으면 집안에 먼지가 창궐한다.
텔레비전에 나오는 요리사들은 이 과정을 보여주지 않는다. 않아는
어머니가 고등어에 소금을 뿌려 냉장고에 넣어두었다는 노래를 싫
어한다. 않아는 생선 아가미에 손 집어넣는 것을 가장 싫어한다. 어
머니가 차린 둥근 밥상이 가장 좋았다는 시 또한 싫어한다. 그동안
우리가 집단적으로 어머니를 속이고 있었던 건 아닐까 생각한다. 가
사노동이라 불리는 이 삶, 이 착각에 빠지면 누구나 헤어나지 못한
다. 어머니신화의 최면에 빠져 도마에 동식물을 올려놓고 썰어대게
된다. 그러다보면 그릇들이 손에 달라붙어 떨어지지 않는다. 이 면
면한 모성신화에 복무하느라 어머니들이 제일 힘들다. 어머니 노릇

하느라고. 세세연년 자손을 번창케 하라는 보이지 않는 그분의 명령에 복무하느라고, 남의 입에 들어가는 것을 만드는 데 평생을 바치게 된다. 어머니도 가끔 아니 더 자주 하기 싫어한다.

눈물 자국 나이테

종택에서 하룻밤 자고
안채에서 아침을 먹는데 종부가 또 다가온다.
않아는 그 종부를 보며 생각한다.
하고 싶은 것 많고, 가고 싶은 데 많은데
다른 나라로 훌쩍 떠나고 싶은데
종갓집 며느리의 삶은 얼마나 큰 굴레일까.
장독을 열 때마다 그 큰 장독대의 된장, 고추장들이 얼마나 귀찮
았을까.

종부는 얘기한다.
눈 내리는 겨울밤 강가의 종택에서 잠들지 못하고 누워 있노라면
강가의 버드나무들이 추위를 못 이기고
큰 소리로 쨍! 쨍! 쨍! 우는 소리가 들린다고.
그 슬픔 너무 커서 위로도 못하고 웅크리고 누워서 듣는다고.
그런 겨울밤이 지나고 봄이 오면 버드나무는 나이테를 하나 더 그
린다고.

않아는 가만히 앉아 얼어붙은 눈물 얼룩 한 바퀴를 몸속에 두른 나무를 생각한다.

봄이 오면 연두 머리카락 휘날리는 봄 처녀 같은 버드나무 한 그루를.

아침을 먹고 강가로 내려가보니 도자기에 그려진 나무처럼

가느다란 강가의 버드나무들이 줄지어 서 있다.

나무들이 짐을 싸서 가을 지나 겨울 지나 멀리 떠나고 싶어하는 것 같기도 하다.

유리수의 무한

않아는 이번 개표 방송에선 않아가 지지하는 분의 점수만 보기로 했다. 그래야 왠지 이길 것만 같았다. 않아가 지지하지 않는 쪽의 점수는 의식적으로 보지 않기로 했다. 자꾸 점수가 올라갔다. 숫자가 점점 늘어갔다. 화면을 끄자 않아는 않아가 지지하는 쪽의 전자 점수표가 눈동자에 이식된 것을 깨닫게 되었다. 끝이 났다는데도 자꾸만 숫자가 올라가는 그림 숫자판이 않아의 한쪽 눈에 장착되어버렸다. 않아가 지지하는 분의 숫자가 유권자 수를 상회하고 애록 인구를 상회할 때까지 늘어났다. 않아의 눈동자에서만은 개표 방송이 끝나지 않았다. 그것을 끄는 데 오랜 시간이 걸렸다.

그는 무수한 책을 썼다. 그는 애록 고문의 역사도 썼다. 않아는 밤에 그의 책을 읽고, 아침에 베란다 창문을 열고 저 아래 변함없는 거리를 내려다보며 노래를 불렀다. "그곳이 참하 꿈엔들 잊힐리야." 노래를 불러서 참담한 고문의 일지들이 면면이 내지르는 비명을 씻어내고 학교에 가야 했다. 어젯밤에 읽은 내용들을 모조리 씻어내야 했다. 새 노래를 적어오는 신선한 학생들과 대명천지에서 마주하려면 그렇게 해야 했다.

아직 오지 않은 과거

내일은 갔다.
어제는 올 것이다.

죽음은 태어났다.
탄생은 멀었다.

전 세계의 꽃

선생님의 이삿짐이 곤돌라에 실려 내려왔다.
끝도 없이 내려왔다.
장롱과 텔레비전
냉장고와 세탁기
책상과 책꽂이
다 내려왔는데
무언가 또 끝없이 내려왔다.

사십 년간 저 좁은 집에 저것들이 어떻게 다 담겨 있었을까.
물어보고 싶을 만큼 끝도 없이 내려왔다.

그것들을 실은 이삿짐 트럭이 한 대 떠났다.
두 대 떠났다.
세 대 떠났다.
네 대 떠났다.

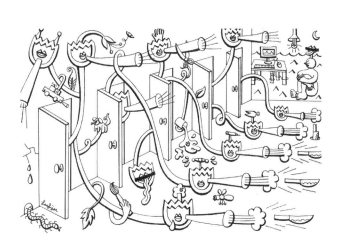

새집에 도착한 선생님이 아픈 아내 대신 짐을 풀었다.
풀어도 풀어도 끝없이 풀 것이 남았다.

집안에 그릇들이 꽉 찼다.
기묘한 무늬와 색깔을 가득 담은 그릇들이 끝도 없이 쌓여갔다.
사십 년간 모은 그릇들이
한 번도 음식을 담아본 적 없는 그릇들이
영국에서 스페인에서 이탈리아에서 중국에서 온 그릇들이
끝도 없이 쏟아졌다.

새집을 꽉 채우고도 남을 그릇들이
끝없이 풀어지는 그릇들이
발 디딜 틈도 없이 헤쳐졌다.

선생님은 비명을 지르고
사모님은 웃었다.
선생님은 괴로워하고
사모님은 행복에 파묻혔다.

집안에 그릇 꽃이 피었다.

꽃밭이 넘치도록 피었다.

텅 빈 방의 노래

노래를 그렇게 잘 부른다고는 생각되지 않지만 이상하게도 명치 끝을 미어지게 만드는 가수가 있었다. 그의 가사는 노래하는 산문 같았고, 그의 목소리에는 영원한 떨림을 간직한 생생한 순진함이 있었다. 간직하려 해도 멀리 있는 듯한 창법이었다. 그는 예수보다 며칠 덜 살고선 죽어버렸다.

앓아는 그의 노래를 자주 들었다. 듣고 또 들어서 이제는 그의 노래만 들어도 입에 짠물이 돌았다. 왜 그렇게 자주 들었는가 생각해봤더니, 그가 남이 만든 노래를 부르든 자신이 만든 노래를 부르든 그의 노래 속에 든 떨림이 '첫' 떨림처럼 늘 감격스러웠기 때문이었다. 그의 노래를 듣고 있으면 그보다 오래 살아서 부끄럽기도 했다.

텔레비전의 한 프로그램에서 장막을 치고 남의 노래 목소리 흉내를 기막히게 내는 사람들을 숨겨놓고, 그와 대결을 벌이게 했다. 그러면 관객은 그의 목소리가 아닌 사람을 골라낸 다음, 그의 목소리를 골라내면 되었다. 노래를 한두 소절 부르고 나면 기막히게 그의 노래를 흉내내는 사람들이 들어 있던 조그만 방이 열리고 그 사람들이 하나씩 나왔다. 그러나 그는 나오지 않았다. 텅 빈 방에서 그의 목소리만 나왔다. 그의 자리는 정말 깨끗한 흙처럼 깨끗했다.

빈방은 무구했다. 무한했다. 무안을 주었다. 무명이었다. 무결했다.

않아는 다 파먹은 호두 껍데기처럼 텅 빈 방이 부러웠다. 목소리만 남은 사람에게 샘이 났다. 않아는 몸 없이 목소리만 있는 사람이 되고 싶었는지도 모르겠다. 그가 노래하는 투명한 자리. 장소가 없는 장소. 부재의 틀에 딱 부합하는 그의 노래.

맨홀인류

앓이는 상상한다.
맨홀 뚜껑을 머리에 인 사람들.

식탁에 앉은 사람들의 발아래로 흘러가는 하수구들.
몸에서 나오면 곧장 하수구로 가는, 진즉에 몸이었던 것들.

우리는 각자 형상이 다르고 색깔이 다르고 성격이 다르다고 하지만
우리의 밑에서 하수구들이 우리의 내장을 연결해놓고 있다.

우리가 동시에 흘러가는 그곳.
우리가 섞여서 흘러갈 그곳.

시작도 결말도 없는 무조건적이고 한없는 검은색 소용돌이.
우리 뒷모습의 가련하고 끝없는 윤회.

그곳을 맨홀 뚜껑으로 얌전하게 가리고

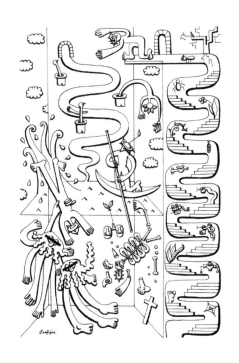

냅킨을 무릎 위에 올려놓고 우리가 저녁식사를 한다.

아직은 아니라고.
아직은 생각하지 말자고.

뚜껑만 열지 않으면 된다고.
아래층에 사는 고양이 울음소리를 듣는 시궁쥐처럼 무서운 오물을 발아래 두고.

종당에 우리의 하반신이 그 칙칙한 검은색으로 연결될 테지만
우리 몸에 불시착한 상처가 아직 입술을 벌리지 않았다고 믿자.
아직은 아니다.

않아는 맨홀 뚜껑을 얌전하게 머리에 눌러쓴다.
아직 않아라는 미래형 오물이 하수종말처리장에 닿지는 않았다.

빈 액자

애록에서 제일 오래된 목조건물은 검은색 절이다.

절에 도착했을 때 누군가의 삼우제가 진행중이었다.
구슬픈 독경 소리가 절문 밖까지 메아리쳤다.
경을 외는 스님.
목탁을 두드리는 스님.
물 한 세숫대야 든 스님.
목에 붕대를 감은 스님.
스님들이 앞서고 이어서 큰 보따리를 든 가죽점퍼, 그 뒤로 슬픔
으로 후줄근해진 다른 가족들이 영정을 들고 일렬로 걸어갔다.
시장에서 거리에서 좌판에서 만날 수 있는 젊은 여성의 얼굴이 거
기 사진 속에 있었다.
곱슬곱슬한 파마머리, 빨간색 비닐 점퍼.
갑자기 추운 데 있다가 따뜻한 방에 들어와 얼굴이 벌게진 여인이
액자 속에 있었다.

그들은 절 아래쪽 석등 모양으로 생긴 화로를 향해 일렬로 걸어갔다.

앉아는 그들을 따라갔다.

경이 끝나자 보따리 속에 들어 있던 그녀의 옷이 화로 속으로 들어갔다.

상주의 흰 치마저고리와 고무신이 들어갔다.

그리고 마지막으로 액자의 사진이 들어갔다.

빈 액자는 들어가지 않았다.

그것들이 타는 연기가 굴뚝 위로 솟아올랐다.

그녀의 얼굴은 이제 태워졌다. 회색 연기가 되었다.

빈 액자만 덩그러니 남았다.

사진을 덮고 있던 유리도 남았다.

그녀의 얼굴이 얹혔던 장소가 그녀 없이 남았다.

그녀의 액자에는 이제 '그녀의 없음'이 들어 있었다.

가장 어린 스님이 액자를 수습했다.

빈 액자의 흰 종이가 한 번 희번득했다.

형식에 이르다

앓아의 시간은 앓아의 죽음이 꾸는 꿈이다.

시는 그 꿈을 해체하는 형식의 발견이다.

시적 주체가 할 일은 죽음의 내용을 넘어서는, 그 형식을 일으키는 움직임이다.

시간의 밖에 세워지는 순간의 건축. 건축을 긴장시키려는 시적 화자의 리듬.

내용을 뚫고 솟아오르기보다 숨어서 흐느끼는 형식의 다차원 지도.(그러므로 최고의 독자는 시마다 다른, 그 흐느낌으로 만든 뼈의 지도를 해독한다.) 아마도 보이지 않거나 가느다랗지만 팽팽한 목소리로 만든 실타래의 이음매를 따라가다보면 시의 아름다움이 언뜻 현현하리라.

매번 시를 쓸 때마다 꿈과 인식을 발명하고 존재를 현현하는 것이 아니라 그들이 서로 분리할 수 없이 섞인 채 강물처럼, 무늬를 가득 품은 피륙처럼 흘러가게 근육을 받쳐주는 것.

그것이 이 못난 현실, 매일 똑같은 현실, 누구에게나 찾아오는 현실을 대속해주리라 믿으면서.

시는 형식 속에서 아프고 슬픈 것들이, 존재 이전의 것들이, 더불어 사유가 솟아오르는 것이다.

반대로 말하면 다양한 결들 속에서 틀이 숨을 쉰다.

사유하는 주체가 시적 틀을 타고 흐른다.

어쩔 수 없이 세상의 모든 문학적 내용은 불완전하고, 미완성이고, 비밀이다. 그 미완성인 비밀을 형식이라는 보이지 않는 틀이 받들고 있다.

그럴 때 텍스트는 하나의 비장소가 된다. 고독과 권태가 안개처럼 흐르고, 전쟁이 피 흘리며 허공이 소리치며, 광기가 귀신처럼 흐르고, 죽음이 비상하며, 기쁨이 지저귀고, 비애가 혼자 먹는 밥상처럼 초라하고, 파도가 하늘을 달리고, 침묵이 상처 입은 가슴처럼 쓰라리고, 빛의 목소리가 들리고, 죽음이 베푼 아름다움과 두려움에 들려 스러지는 하나의 비장소가 된다.

그러므로 형식은 수세미 살을 털고 났을 때 나타나는 그 질긴 줄기로 짜인 오케스트레이션.

나무 이파리에서 초록을 털고 났을 때의 그 가느다란 줄기의 형식과 나무줄기가 뻗어나가는 악곡의 형식. 새벽 이파리에 모여 이슬로 현현하지만 공기 중에 퍼져 있을 땐 보이지 않는 습기 같은.

간 한 닢을 뒤덮은 핏줄 같은. 뇌의 신경망 같은, 손바닥의 손금 같은.

절박함의, 절규의 내용이 아니라

그 절박의 형식!

첫 호흡을 꺼내자마자 이미 느껴지는 것.

의미 없이도 존재하는 박동, 우리의 고향인 원대한 자유를 향해 떠가는 미확인비행물체의 엔진.

그러나 무無에 닿는 설계! 무를 가운데 두고 수세미 열매 속 가늘고 질긴, 낚싯줄 같은 줄기들이 가느다란 방들을 칸칸이 짜나가듯이,

회오리처럼 원심력과 구심력의 한가운데 무를 두고 펼쳐지는 시적 세계의 무한한 방사.

그 속에서 끝없이 망각되는, 그렇기 때문에 그리움에 떠는 시적

자아의 현존.

소멸에 떠는 아름다움. 독자를 가격하는 그 무엇.

그러나 독자를 많이 얻기 위한 시는 이와 다르다.

형식이 아니라 내용. 시적 자아의 부단한 정서적 흘러넘침이거나 촌철살인의 아포리즘. 너무 많이 존재하는 시적 화자의 비애와 센티멘털. 거기서 번져나오는 위장된 성스러움, 그러나 한 꺼풀 벗겨보면 참을 수 없는 나르시시즘으로 떨리는 살들.

순진함이라는 그 허영심.

빌라도 총독들

면접을 하거나 심사를 하고 있으면 본디오 빌라도가 된 기분이다.
누군가를 선택하고 누군가를 떨어뜨린다.
생사여탈권이 않아의 손안에 있다.

벌벌 떠는 면접자에게 질문을 퍼붓는다.
울고 있는 면접자에게 시간 안에 대답해야 한다고 친절한 척 말하
지만
사실은 재촉하는 거다.

사람을 선택하고, 뿌리치고
사람에게 언도를 내리고
사건에 대고 판단을 내리는
본디오 빌라도들.
점점 더 높아진 사람들.
검은 가운을 걸쳐 입어봤던, 입은, 혹은 입으려는 사람들.

무엇이건 판단하는 자들은 결국
'본디오 빌라도에게 죽임을 당하시고'에 쓰여 있는 것처럼
어딘가에 존재하는 명부에 이름을 올리게 된다.

우유부단한 재판관들이
최후엔 자신이 심판받게 되리라는 것도 모르는 채
자신의 판단 기준이 가장 합리적이고 옳은 것이라고 믿으면서
점수를 매기고 있다.
형을 언도하고 있다.
선택하고, 탈락시키고 있다.

누군가를 선발하고 있으면
최후의 심판대에 기어코 다가간 느낌이다.

올해 애록 사람들은 누구나 이 기분, 심판하는 어른이 된 기분이
들었다.
살인자와 방관자의 명부에 이름을 올리는 기분이 들었다.
드디어 심판받게 될 날이 코앞에 다가온 느낌이었다.

그걸 알면서도 또 판단을 하고, 선택을 한다.

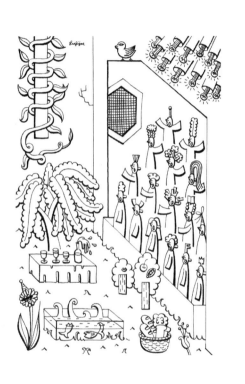

악몽 수프

산시성 응현 서쪽엔 세계에서 가장 오래된 팔각 목탑이 있다. 탑은 크다. 이곳에선 대대로 흉노의 침입으로 죽은 사람이 하도 많아 1056년에 목탑을 세웠다 한다. 목탑 안엔 거대한 토불들이 원형으로 둘러앉아 있고, 그 토불들 밖으로 넓은 복도가 있어 걸어다니면서 아랫동네를 내려다보거나 토불들을 경배할 수 있게 되어 있다. 오래전 앉아가 방문했을 땐 전혀 수리, 복원, 관리가 되어 있지 않았다. 멀리서 보면 채색된 탑이 마치 검은색으로 보였는데, 그것은 제비들 때문이었다. 가까이 다가가자 수십만 대군이 몰려와 활을 쏘고 칼을 부딪쳐 싸울 때처럼 소란했다. 제비들이 탑 전체의 벽과 지붕에 집을 짓고 새끼들을 위한 먹이들을 나르느라 그리 소란했다. 탑 자체보다 십만 마리의 제비떼가 그 소란함 속에서 어떻게 자기 집을 찾을까가 더 궁금했다. 거대한 탑이 제비떼에게 사정없이 뺨을 맞고 있었다. 오층 층층마다 거창한 앉은키를 자랑하며 앉아 있는 토불들은 채색이 거의 떨어지고, 살점이 떨어져나가 누더기를 걸친 것 같았다. 제일 꼭대기에 올라가자 그나마 푸른 하늘이 그 지옥 같은 풍경을 잊게 해주는 파란 부채처럼 바람을 살랑거리며 펼쳐져 있었다.

그러나 그 탑을 벗어나 마을로 들어가 화장실이라는 곳을 찾아가자 악몽은 더 깊어졌다. 화장실의 내용물이 화장실 자체 바닥을 넘어 길까지 넘쳐났다. 어디가 화장실이고 어디가 밖인지 구분조차 할 수 없는데 사람들이 서로 돌아앉아 용변을 보고 있었다. 그리고 그 곁에서 동네 사람들이 국수를 말아 먹고 있었다. 빨리 잊고 싶었지만 잊히지 않았다.

칠리 콘 카르네

칠리 콘 카르네 만드는 방법을 알려드리겠습니다.

먼저 곱게 간 쇠고기에 마늘과 워체스터 소스를 넣고 버터에 볶는다.

그다음 고추 다진 것, 피망 다진 것, 양파 다진 것을 넣고 볶는다.

거기에 토마토 다진 것을 넣고 볶는다.

거기에 강낭콩 삶은 것을 넣고 볶는다.

볶는다.

볶는다.

볶는다.

마지막으로 칠리 파우더(큐민이 든 것)를 넣고 끓인다.

끓인다.

끓인다.

끓인다.

누군가의 속처럼 요리가 익어간다. 분홍빛 국물이 흘러나온다.

콩이 고기가 되고, 고기가 콩이 되고, 양파가 즙을 토하다 사라질 정도로 끓인다.

영화 〈37도 2부〉의 조르그가 영화 맨 앞에서 양은냄비에 끓이던 요리다.

나초나 토르티아나 상추, 밥과 함께 먹을 칠리 콘 카르네가 완성되었다.

마치 피와 살을 섞어서 끓인 맛이다. 묵직하고, 끈기 있는 사람의 맛이라기보다는 질기게 안 떨어지는 정신질환을 앓고 있는 사람의 맛이랄까. 조도로프스키의 〈산타 상그레〉의 맛이랄까. 도축업자가 버린 돼지 귀싸대기와 팥을 넣고 끓인 브라질 노예가 먹던 요리 페이조아다와 비슷하다. 길에다 쏟아놓으면 누가 한바탕 피를 토하고 간 것 같다. 여장을 하고 가서 베티를 베개로 눌러 죽인 조르그가 완성할 소설의 맛이 이와 같을 것이다. 피가 태양의 성분이라는 것을 증명하는 맛 같은.

연극 연출가의 생활

내가 가끔 만나는 연극 연출가의 약력은 이렇다.

평단의 주목을 받았다.

주변에 이성 친구들이 많았다.

평단의 주목을 받았다.

결혼했다.

평단의 주목을 받았다.

집을 팔아서 연극을 제작했다.

평단의 주목을 받았다.

전세를 뽑아서 연극을 제작했다.

평단의 주목을 받았다.

이혼했다.

평단의 주목을 받았다.

실업자가 되었다.

수염을 길렀다.

남루했다.

주사가 생겼다.

화를 참지 못했다.

평단이 침묵했다.

도망중

아직도 자신이 만물의 척도라서, 낯선 걸 대하면 화내는 사람들이
있다.

자신이라는 권력을 사용하여 타자를 비난하는 것이다. 우리가 사
용하는 이 흔한 언어라는 것, 이것으로 써진 시를 대했을 때 특히 그
러한 반응을 보이는 사람들이 많다.

시에 대한 남다른 생각 때문에 몸과 정신을 망가뜨리는 도망이 있
을 수 있다.

이를테면 난해시를 쓰는 것 같은 것.

온전히 이해받는 자신을 경멸하다못해 스스로 글 속에서 길을 잃
는 도망.

온전히 이해받음으로써 넝마가 되는 시간보다는 이해를 피해 죽
어가는 도망.

심오한 괴물이 됨으로써 애록 독자에게 불심검문을 당하거나

그 괴물의 권태를 평생토록 견디는 희생.

몇 달째 화장실 앞에 시 한 편을 붙여놓고 읽고 있다.

읽을 때마다 다른 방향, 다른 세계를 가리키는 시.

르네 마그리트와 샤를 보네 증후군

바젤의 바이엘미술관에서 르네 마그리트 전시회를 보았다.

그림을 다 보고 나니 마그리트는 자신의 집과 어린 시절의 추억 속에서만 그림 소재를 구했다는 게 느껴졌다.

마그리트는 샤를 보네 증후군 같았다. 책상 위의 작은 공깃돌 하나를 바라보다가

얼마 후 하늘을 쳐다보니 그 공깃돌 하나가 궤도를 이탈한 행성처럼 커져서 눈앞으로 진격해 오는 걸 보게 되는 증후군. 그것의 공포에 사로잡히는 환자. 그것을 냉정히 기록하는 화가.

환자와 화가의 경계에 그의 그림이 놓여 있었다.

마그리트의 모자 장수 엄마는 그의 나이 열네 살에 투신자살하였고, 그는 아내 조제트의 치맛자락을 평생 놓지 않은 사람이었다.(그렇다고 우리가 다 알다시피 그가 하메르쇠이처럼 아내의 뒷모습만 그린 건 아니었지만.)

아내의 레이스 자락, 저녁식사의 고등어, 자신의 파이프,

마시다 남은 포도주, 덜 익은 사과, 혹은 이파리 달린 사과, 식탁

의자, 주머니의 열쇠
  방문의 손잡이, 식탁 위의 종, 하늘이 비치는 창문,
  그리하여 그릇마다 가득찬 구름
  빈틈만 있으면 무조건 몸을 집어넣는 구름 덩어리, 겨우 이런 것
들을 가지고

  낯설게 하기, 스위프트의 『걸리버 여행기』에서처럼 큰 것은 줄이
기, 작은 것은 늘리기,
  물건들 하늘에 갖다놓기, 착란의 장소에 쑤셔넣기, 은유하기, 자
동기술법 활용하기, 환유하기, 연상하기, 그림자와 사물의 자리 바
꾸기, 존재와 부재의 자리 바꾸기, 수사학을 오브제에 투영하기

  않아는 강변의 숙소로 돌아와

  내 눈동자는 두 개
  내 귀도 두 개
  내 손도 두 개
  내 발도 두 개
  내 젖꼭지도 두 개

내 두 귀가 서로 얼굴을 마주보고 싶어 몸밖으로 날아가는 밤

침대 위에는 침대보다 큰 머리빗
찬장 위에는 찬장보다 큰 수염 비누 솔

카펫 위에는 방보다 큰 포도주 잔
그 잔 속에 쏙 들어가는 흰 달

앓아에게 샤를 보네가 찾아왔다.

승리의 내부

입시 기간이 도래했었다. 비율이 만만찮았다. 한 학생이 내 연구실에 와서 자신이 합격 통보를 받은 날을 재현했다. 아빠에게 무슨 대학 몇 학번 누구누구라고 제 이름을 써서 문자로 보냈어요. 그러자 아빠가 울면서 전화를 했어요, 한다. 그는 그 며칠을 고기와 선물의 나날이라고 정의했다. 그는 지금 입시생들의 미래다. 그의 학교생활의 단조로움과 권태와 실망, 미래에 대한 불안과 고독은 누군가는 가진 적이 없는 승리의 내부다. 우리 일상의 나날 또한 그러하리라. 누군가를 밀치고 살아남았을 이 삶의 내부가 이토록 고독과 권태와 불안에 떨고 있을 줄이야.

애록 소설 공장

옛날에 때리면 소설 한 편이 완성되는 나라가 있었다.

소설을 생산하는 도구는 몽둥이와 고함, 욕조면 충분했다.

소설을 완성하는 방법은 때리기와 매달기, 물에 얼굴 집어넣기 등등 다양했다.

소설가의 소설 진척이 늦어지면 옆방에서 울거나 비명 지르는 친구, 친지, 부모, 배우자의 목소리가 동원되어 소설의 클라이맥스 봉우리를 드높였다.

소설 공장 직원들의 일용할 주문은 불어! 불어! 불어! 면 충분했다.

하지 않았습니다가 했습니다가 될 때까지 그들의 소설 창작 독려는 그치지 않았다.

애록 소설 공장은 무진장 성업했다.

소설 창작이 끝나면 소설을 쓴 사람은 시궁창의 쥐도 모르게

바닷가나 산속 같은 인적 드문 곳에 버려지거나

아니면 독방에 십몇 년씩 집어넣어졌는데

소설의 충격 정도에 따라 형량이 가감되었다.

소설가 ㅎ은 소설 공장에서 몸이 잉크빛이 되어 집으로 돌아와서는

몇 달 동안 실어증에 시달렸다.

세월이 지나 우리 중 그 누구도 다시 읽어보고 싶지 않은, 네발로 기어서 쓴 소설이 그렇게 완성되었다.

그러나 우리는 그 소설 공장으로부터 도래했다.
그곳에서 태어났다.

얼마 전 그 소설 공장 중 하나가 미술관으로 개조되기 바로 직전에 지하 삼층까지 내려가봤더니
유령이 된 소설가들이 귀기 서린 복도를 떠나지 못하고
여전히 소설 창작 삼매경에 빠져 웅얼거리는 소리 끝이 없었다.

세월이 지나 애록의 고문 기록을 낱낱이 기록하셨던 분이 시장으로 선출되었지만
이제 매질 대신에 당근을 목줄에 매달아주겠다는 애록의 명령이 하달되었다.

죽어서도 썩지 않으려면

산 채로 미라 되기, 물에 뜨는 시신 되기는 이렇게 한다. 먼저 곡물을 끊는다. 그다음 산행을 계속한다. 눈 덮인 청정한 산일수록 좋다. 걷고 또 걷는다. 하루종일 걷는다. 견과류만 먹는다. 그러다 그것도 끊고, 송진과 소나무 껍질만 먹는다. 그것들이 방부제가 된다. 그러다보면 손톱이 얇아진다. 고막의 근육이 부드러워져 소리가 잘 들린다. 십 리 밖의 모기 소리도 들린다. 장기의 크기가 줄어든다. 위장이 줄어들어서 호두 한 알만 먹어도 부담이 된다. 이런 노력 없이 굶어죽으면 몸에 지방이 있어 물을 흡수하게 되고, 물이 많으면 몸이 썩게 된다. 죽은 몸이 물을 먹고 썩는 것이다. 마시는 물도 점점 줄여야 한다. 근육과 장기의 힘으로만 견딘다. 몸이 가벼워 목욕을 할라치면 몸통이 물에 뜬다. 누군가 욕조 속에 몸이 가라앉게 꾸욱 누르고 있어야 한다. 고통은 없다. 다만 피곤하고, 배가 따끔따끔할 뿐이다. 명상을 한다. 명상이 신진대사를 멈추는 역할을 맡는다. 붉은색 수액의 옻나무 차를 마신다. 옻독이 오를 살이 없으므로 마른나무처럼 위장, 창자 같은 소화기에 옻물이 든다. 숨 끊어지기까지 온천욕을 즐겨 한다. 특히 비소가 많은 온천욕이 좋다. 그렇게 안팎의 세균, 박테리아, 후일의 구더기를 죽인다. 몸속의 분홍빛을 다 죽인다. 몇 년을 단계적으로 계속하면 바짝 마른 미라가 되어 스르르 숨이 끊어진다. 앉은 자세로 아무도 모르게 숨이 끊어진다. 이제 너무 가벼워 땅으로 돌아갈 수는 없다.

몸이 백년 천년 보존된다. 구경거리가 된다. 심지어 예배를 받는다.

시의 이름

시의 나라는 이름을 지우고 가는 곳.

나는 눈에 보이지도 않는 소녀의 서기입니다.

그 소녀가 부르는 대로 받아 적어요, 라고 말해도 되는 곳.

대담하려고 온 시인이 말했다. "선생님의 이름을 스스로 부르고
난 다음, 자신의 미래를 그려서 들려주십시오."

'나'의 시는 '나'의 이름을 지우고 가는 장소입니다.

그곳에서 '나'는 '나'의 이름이 제일 무서운 사람입니다.

시는 이름 아래로 추락한 자의 언어입니다.

왜냐하면 이름이 죽음을 나르고 있기 때문에.

시에서는 '내'가 '나'를 제일 견딜 수 없기 때문에.

이름으로부터 가장 멀리 도망갔을 때 비로소 시가 시작됩니다.

시는 '이름'을 넘어서, 정체를 넘어서, 익명으로 번진 내가 그린

무늬. 그 무늬의 도안. 도안 속에는 어디론가 다시 무늬를 그리며 이행해 나아가려는 부사가 된 형용사들이, 부사가 된 대명사들이, 부사가 된 명사들이 흩어지는 곳. 그 도망의 비밀.

이름 없는 자가
세상에서 그 이름을 아는 사람이 하나도 없는 자 그/그녀가
사람들이 모두 그/그녀의 이름을 잊은 그자가
계곡을 타고 내려온다.
그/그녀가 계곡물에 입을 대고 물을 마신다.
푸른 하늘이 그/그녀의 소매 끝에 매달린다.

귀여운 할아버지

지하철에서 귀여운 할아버지를 본다.

귀여운 할아버지가 문 앞에 서 계신다.

귀여운 할아버지의 키는 작다.

앉아는 귀여운 할아버지를 관찰하는 것을 좋아한다.

귀여운 할아버지는 이누크족에게서 선물받은 것 같은 귀여운 털
모자를 쓰고 계신다.

더 큰 사람이 썼으면 케이지비 같았을 텐데

귀여운 할아버지가 그 모자를 쓰니 모자는 연극 소품 같다.

할아버지는 노약자석을 싫어한다.

항상 문 앞에 조금 크고 귀여운 운동화를 신고 서 계신다.

할아버지의 눈은 작고 얼굴과 손은 쪼글쪼글하다.

그런데 할아버지 어디까지 가세요 여기 앉으세요

하면 그 나이에 귀여운 보조개가 생긴다.

앉아는 그 보조개 자꾸 보고 싶어서

자꾸만 자리를 비켜드린다.

귀여운 할아버지는 자라지 않은 대신 더 근엄해지지도 않으신다.

몸속에서 '귀여운'이 샘솟고 있으니까.

할아버지가 지하철에 오르면 지하철 한 칸이 다 귀여워진다.

않아는 "세상에는 '귀여운'이란 말이 있다"고 공책에 적어둔다.

아저씨와 할아버지들이 다 귀여워졌으면 좋겠다고 적어둔다.

노래의 입술

    텅 빈 초원에 라디오 한 대 놓여 있다.
    제 몸보다 큰 배터리 짊어지고선 주인은 어디 갔는지 저 혼자 이 노래 저 노래 들려주고 있다.
    이국의 노래라 가사는 모르지만 노래의 입술과 구름의 입술이 맞 닿는 노래.
    가냘픈 바람으로 만든 끈같이 질긴 노래.

    토사물을 에워싼 날파리들처럼 아무리 쫓아도 끊이지 않는 그런 노래.
    사방을 둘러봐도 라디오 끄러 올 사람은 아무도 없는 듯.

    어린 시절, 지금은 아무도 살지 않는 외갓집에 갔을 때
    누가 잡아당겼는지 팽팽하게 매어진 빨랫줄이 저 혼자 울고
    외로운 새벽 국도 전봇대 아래 먹은 것 토해놓고 잠든 외할아버지 깨워보다가
    그 옆에 가만히 서 있을 때

그때의 아이처럼 이 세상천지 저 혼자 송출하고

저 혼자 듣는 조그만 방송국 같은 청승맞은 라디오.

땅속에서 가는 손가락 몇 개 살짝 나와 봄! 이거 정말인가?

찬바람 찍어 간 보다가 깜짝 놀라 물러서는 그런 노래.

광활한 초원의 몸이 자꾸 껴안아보는 바람 같은 노래.

저멀리서 양치기가

검은 개 한 마리 데리고 달려가는데

라디오의 노래 가만히 귀기울여 듣고 있던 가없는 초원.

낡은 장르

명령이 하달되었다.

이제 시와 소설은 낡은 장르다.

이제 시와 소설의 시대적 소명은 끝났다.

그러니 이제 디지털미디어에 스토리를 대주는 역할이나 하는 게 좋겠다.

제발 정치경제사회문화 주변부나 빈둥거리지 말고 산업의 역군으로서 건설적인 역할 좀 맡아라.

광고에 시를 대주고, 게임에 서사를 대주고, 만화에 줄거리를 대줘라.

그리고 드라마에 밑그림을 그려주고, 영화에 대사 좀 쳐줘라.

뮤지컬에 밑그림을 그려주는 저 스토리들처럼 좀 써봐라.

명령이 하달되었다.

우후죽순으로 새로운 과목들이 도입되었다.

방송과 디지털미디어스토리텔링

영화와 디지털미디어스토리텔링

만화와 디지털미디어스토리텔링

출판과 디지털미디어스토리텔링

소설과 디지털미디어스토리텔링

전국의 인문대학 여러 학과들이 디지털미디어창작 혹은 디지털미디어문예창작, 디지털미디어스토리텔링창작과로 개명된 이름을 사용했다.

과목의 제목마다 뉴미디어나 콘텐츠 같은 영어가 섞여들어갔다.

신화도 역사도 인문학도 수강한 바 없는, 고교를 갓 졸업한 학생들이

디지털뉴미디어스토리텔링콘텐츠 제작 공정에 동원되었다.

낡은 장르는 팽개치고 디지털미디어 생산 역군이 되어야만 했다.

시 장르는 디지털미디어스토리텔링에 어떻게 기여해야 하는가?

출석부를 들고 강의실로 진격해 들어가면서 곰곰이 생각한다.

김수영과 김춘수와 디지털미디어콘텐츠스토리텔링!

그리고 디지털미디어콘텐츠 제작 역군 여러분!

소설과 시

소설을 쓴다는 것은 인생이 하나의 근사한 거짓말이라는 것을 기록하는 것.

너와 내가 사라지고 나면 흐릿한 거짓말만이 더욱 흐릿하게 남으리라는 것을 미리 기록하는 것.

그리하여 '나' 없는 거리에서 거짓말만이 또다른 거짓말에 휩쓸리는 광경을 미리 기록해두는 것.

시를 쓴다는 것은 시 속에서 내가 죽을 것을 목격하는 것.

시의 절정은 죽음의 순간, 겨자씨 같은 죽음만 남고 모두 부재하게 되는 그 순간.

그리하여 내가 지금 한 편의 시를 써나간다는 것은 시를 쓰면서 반딧불 같은 죽음을 작은 숨으로 감싸안은 채 견딘다는 것.

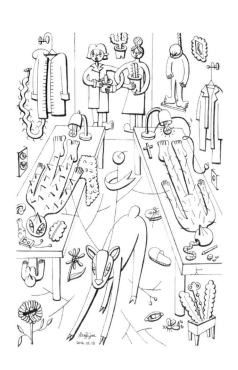

피 흘리는 특권

친구에게 모욕을 당하고 온 아이가 낳아에게 말했다.

입원시켜줘.

그러지 말고 복수를 하고 와 낳아가 말했다.

그러자 아이가 말했다.

내 머릿속에서 피가 흐르고 있어, 입원시켜줘.

누구나 머릿속에 피가 흘러! 낳아가 대답했다.

새하얀 벽 사이 새하얀 이불을 덮고 누워

피 흘리는 특권을 행사하며

친구에게 복수하고 싶은 아이, 그 곁에 누워

낳아는 무덤의 품을 파고드는 복수에 대해 상상을 한다.

영원한 잠적의 특권을 행사하며 복수하는 상상.

낳아가 아이에게 물었다.

뭐해?

상상해,

나도.

장르 복합 관객 관람

라자스탄에서 영화관에 갔다.

일행은 여섯 명이었다.

영화관에 간다고 스커트에 구두를 신고, 숄을 두르고, 바지를 다려 입고 한껏 멋을 내었다.

영화는 장르 복합이었다. 누아르 멜로 액션 활극 공포 스릴러 뮤지컬.

우리는 빠르디빠른 인생의 전개에 박장대소하였다.

그러다가 관람객을 둘러보고 깜짝 놀랐다.

우리 일행만 빼고 모두 남자들이었다.

그들이 울고, 웃고, 소리지르고, 탄식하였다.

두 시간 동안 희로애락의 총결집이 있었다.

동시에 똑같은 신음소리를 내뱉을 땐 아주 장관이었다.

우리는 차츰 영화보다 그들을 관찰하는 것이 더 재미있어졌다.

그리하여 점점 더 관객에 빠져들게 되었다.

라자스탄에 가면 발리우드 영화보다는 장르 복합 관객 관람을 추천하고 싶다.

북극

　가까이 다가가면 다가갈수록 희고 거대한 빙산이 나타났다. 빙산은 푸른색에 가까웠다. 더 가까이 가자 빙산이 전부 A4용지로 만들어졌다는 걸 알게 되었다. 흰 종이에는 푸른 잉크로 글씨들이 씌어져 있었지만 글자는 물에 녹아 해독할 수 없었다. 않아가 일생 동안 쓴 시들이었다. 어떤 시들은 묶여 있고, 어떤 시들은 구겨져 있고, 어떤 시들은 쏟아져 있었다. 대체 누가 이것들을 여기다 갖다놓았을까. 시들이 얼어붙고 있었다. 배가 빙산에 파묻혀 있었다. 흰 종이들이 바람에 날리고 있었다. 그 속에서 흰 종이로 만든 북극 갈매기가 불쑥 솟아오르기도 했다.

음식에 대한 예의

오래된 영화 〈단포포〉를 보면 일본 국수 먹는 법이 나온다.

먼저 그릇에 대한 예의.

형태를 감상하고, 그릇 본연의 향기를 맡는다.

그다음 음식이 어우러진 모습에 대한 예의.

국물 위에 기름이 보석처럼 떠다니는 것을 감상한다.

부유하는 파의 향기를 음미한다.

삶은 고기 세 조각에 대한 예의.

국수에서 핵심 역할을 했지만 겸손한 모습의 고기,

그 저며진 모습에 대한 예를 갖춘다.

김이 천천히 올라온다.

김에도 예를 갖춘다.

그다음 음식 자체에 대한 예의.

젓가락으로 국수가 담긴 표면을 어루만진다.

특히 고기를 건드려주면서 어루만진다.

그다음 고기를 국물에 담가준다.

(그러면서 고기에게 진심으로 사과한다.

조금 후에 뵙겠습니다, 라고 존칭으로 기도한다.)

면부터 먹는다.

후루룩 소리를 내어 예를 표한다.

면을 먹으면서도 애정을 담아, 고기를 응시하는 것을 잊지 않는다.

마지막 예의는 국물에 대한 예의다.

세 번에 나눠서 한숨을 내쉬며 마신다.

인생의 중요 결정을 내리듯 고기의 물을 털어 고기를 먹는다.

죄송하고 고맙습니다, 라고 되뇌면서.

나는 내게 와서 내가 먹는 것이 된 것들의 두려움을 함께 먹는다.

그들의 두려움은 내 불안이 되었을 거다.

내 몸속에 들어와 내 시간이 된 것들의 비명과 공포와 불안을 생각한다.

그런 것들을 꾹 누르고 입을 다문 내 표면적 삶에 대해 생각한다.

안간힘

셀파족이 히말라야를 올라간다.
온 가족이 이마에 끈을 두르고
제 몸보다 큰 짐을 그 끈에 매달아 산을 올라간다.
낭떠러지 아슬아슬 올라간다.
비가 내리는데, 비가 시작하는 곳, 거기까지 올라간다.
빗속에서도 땀이 비 오듯 하고 오줌 저절로 지리고
젖은 옷에서 김이 올라간다.
일개미더러 부지런하다 칭송하지 마라, 그들은 노예다.
땅속 여왕이 그들의 죽음을 까고 있다.
그 어느 누구도 지금 입을 벌려 말하지 않는다. 그러니 카메라 들
이대지 마라.
말할 겨를이 없다. 눈빛 형형하게 오직 올라가기만 한다.
가녀린 다리를 긴 치마에 감춘 여자가
생수 열두 병을 지고 히말라야를 올라간다.
눈동자에서도 땀이 나고, 손톱에서도 땀이 난다.
오직 내려놓으려고 올라간다.

땅 깊은 곳에서 힘들게 끌어올려진 지하수가

산꼭대기 리조트 욕조 속에다 힘차게 제 몸을 버리듯

그렇게 거칠게 버려버리려고 올라간다.

해가 발밑으로 지자 저 아래에서 시디신 맛이 퍼져 올라온다.

흰 젖이 나오는 몸속 길을 거꾸로 올라가듯

땀이 맺히는 구멍 속을 거꾸로 기어들어가듯

똥이 엉기는 길을 거꾸로 올라가듯

붉은 입 크게 벌려 쨱쨱거리는 제비 새끼, 그 소리밖에 안 들리는

어미 제비처럼 그렇게

올

라

간

다.

않아의 프랑스

프랑스는 죽지 않았는데 사람들은 프랑스를 박물관에 있다 한다.
고미술품 가게에 있다 한다.

프랑스는 미국에도 있고, 애록에도 있다.
프랑스가 여기까지 오다니.
프랑스는 경매에 붙여진다.

거실 벽에 붙어서 엄마의 집을 은은하게 밝히던 프랑스.
이제 세상에 너무너무 흔해서 프랑스라고 부를 수도 없는 프랑스.
햇살 속의 소녀 그림처럼 흔한 프랑스.
버리지도 못해서 다락에 굴러다니는 프랑스.
이제는 할머니라고 부를 수도, 그렇다고 조상 할머니라고 부를 수
도 없는 프랑스.
전 세계의 사람들은 왜 프랑스를 벽에 붙여놓았을까.
아련한 연기 속에나 포도주의 증발 속에 잠겨버린 프랑스.
항해를 떠나자, 앨버트로스여! 키 작은 백인의 것이여!

가족의 비밀들과 함께 떠나보내야 할 프랑스.

왜 지나간 비밀들은 다 허접스러운 그림이 되고 마는지.

대학의 후문 근처엔 프랑스란 경양식집이 있는데 그곳에선 프랑스 와인이랑 프렌치 스타일의 음식을 파는데

이젠 손님이 줄어서 음식을 먹으러 가면

텅 빈 홀에 혼자 앉은 사람이 더 불편해져버리는 프랑스.

프랑스 사람들은 남의 나라 시는 안 읽는다고 하고

자기 나라 시도 이제는 안 읽는다고 한다.

저의 집에 프랑스가 있습니다만

프랑스를 갖고 있어도 세금을 물리진 않죠.

그렇지만 이제 프랑스를 내다버리고 깨끗한 집으로 이사하고 싶어요.

그래도 않아는 생각한다. 내 속에 있는 프랑스가 나를 견디게 했노라고.

않아의 반대쪽에 있는 어딘가를 이용해 않아의 집을 힘껏 사랑할 수 있었노라고.

프랑스가 있어서 조금은 낳아 자신조차 견딜 수 있었노라고.

여자들만의 문자

아기발 여자가 아기발 여자에게 편지를 썼다

밤이면 남자가 무서워. 남자의 어머니가 나를 때렸어. 꽃이 지는 게 아까워. 네가 보고 싶어.

편지를 받은 아기발 여자가 답장을 썼다.

몸이 아파. 아파 누워 있으니까 남자의 어머니가 밥을 안 줘. 남자는 우리 아버지보다 나이가 많아. 꺾인 발이 곪고 있어. 발이 큰 동생은 노비로 팔려갔어.

네가 보고 싶어.

여자들만의 문자뉴슈, 女書가 있던 나라가 있었다.

남자들은 읽을 수도, 쓸 수도 없었다.

더 큰 나라가 쳐들어와서 여자들의 글자를 다 태워버렸다.

분홍 자수 실로 겨우 남은 몇 글자를 수놓은 베갯잇을 샀다. 아기발처럼 안아보았다. 여자들만의 문자로 편지를 써보고 싶다. 글의 집을 지어보고 싶다.

인생의 최대 수치

수치에 관한 영화다.

카메라는 집밖으로 잘 나가지 않는다.
꿈속에서 물이 가득찬 복도를 걸은 것이 유일하게 집밖으로 나간
거라고 해야 할까.

수치는 영원히 잠적하라고, 우리를 떠미는 감정이다.

아파트 어느 층의 어느 집 두 노인이 있었다.
한 노인이 무너졌다.
그리고
않아는 그다음을 기록하기 싫다.
너무 가슴이 뭉친다.

늙어감이 수치스럽다.
병듦이 수치스럽다.

더더구나 '죽어감'은 얼마나 수치스러운지.

누구에게나 수치조차 느끼지 못하는 때가 찾아올 때
그/그녀를 세상에서 지워줄 수 있는 사람이 곁에 있다면.

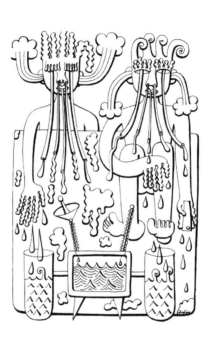

몸을 표현할 단어는 없다

않아의 신발만큼만 않아에게 바닥이 붙어 있다. 사방이 낭떠러지다.

않아가 기우뚱 발을 내디디면, 또 않아의 신발만큼 바닥이 따라와 붙는다.

않아는 좀더 넓은 신발을 상상한다. 그러면 덜 어지러울 텐데.

운동장만한 신발, 우리나라만한 신발.

여러 병원의 여러 의사가 않아에게 물었다.

하늘이 돕니까? 몸이 돕니까? 땅이 올라옵니까? 땅이 스펀지 같습니까?

운전할 때 길이 올라옵니까?

빙글빙글 회전판 위에 올라선 듯합니까?

뱃멀미가 나는 듯합니까?

글자가 돕니까, 눈알이 돕니까?

아래로 떨어지는 것 같습니까?

물체가 떨립니까?

머릿속에서는 수영하는 느낌이 계속됩니까?

토합니까?

캄캄합니까?

의사의 책상 앞에서 앓아가 어지러움을 표현하려 애쓰고 있었다. 갑자기 앓아의 눈앞에 삼천 궁녀처럼 아래로 떨어지는 물체가 보였다. 눈사람들이었다. 아이들과 함께 만드는 8자 모양의 눈사람이 아니라 진짜 눈사람들. 눈처럼 하얗고, 눈처럼 유연하고, 눈처럼 마지막 숨을 거두는, 그 사람들의 코에서 나오는 흰 쥐같이 작은, 계속해서 떨어져오는 눈사람들.

앓아는 그렇게 의사에게 말할 수는 없다고 생각했다. 마땅한 형용사를 찾을 수 없었다.

그래서 앓아는 이렇게 말했다. 손끝이 아슬아슬하고, 팔이 아슬아슬하고, 허벅지가 아슬아슬하고, 가슴이 아슬아슬하고, 배가 아슬아슬합니다.

그러자 의사가 말했다.

어지럼증입니다.

몸을 표현하기에 단어는 늘 부족하다.

로저 코먼

TV에서 지나간 한국영화를 상영하기에 딸과 함께 보고 있는데
갑자기 눈물 홍수 터지는 영화를 보고 있는데
주인공이 우리나라에서 제일 유명한 시인의 시를 읊었다.
기다리는 동안에 눈이 그치고 꽃이 피어나고 낙엽이 떨어지고
또 눈이 퍼붓고 할 것을 믿는다는 시였다.
영화 속에서 시가 읊어지자
그 시가 실린 시집이 몇십만 부 더 팔리게 되었다는 소식을 들은
것이 생각났다.
않아는 말했다.
내 시도 영화에서 읊어져서 시집 좀 팔렸으면 좋겠다.
그러자 않아의 딸이 않아의 시가 실렸으면 좋았을 영화의 제목들
을 읊어주었다.

어서가
해저괴물
울보 살인자

와일드 엔젤

크랩 몬스터의 공격

공룡상어

살인괴수

악어

로저 코먼의 영화 제목들이었다.

희미한 희끄무레한 희한한

직접 경험은 카메라가 하고, 화면이 한다. 더이상 매일매일 번역할 경험은 증발하고 없는가보다.

이번 학기엔 '희미한, 희끄무레한, 희한한', 이런 제목의 과제를 주었다.

이를테면 본인이 오늘 희미하게 지나친 일, 혹은 오늘 희미하게 스쳐가버린 풍경을 나중에 적어보는 것.

시의 말은 어디에 어스름하게 숨어 있다 이렇듯 호흡을 타고 깜빡 깜빡 나오는지, 시의 말을 타고 희미하게 숨쉬는 빛은 어떻게 운행해나가는지.

떠도는 영혼이 엎어진 것 같은 사위는 어디로 떠나갔는지.

희끄무레하게 뇌리 속에 숨어 있는 사후事後의 정경은 어떠한지.

그렇다면 언어를 타고 나오기 전, 내면적 풍경들 속을 잠영하던, 지나간 시간은 어떤 작동을 거쳐야만 다시 출현하게 되는지, 어느 것은 출현하고 어느 것은 숨어버리는지.

신음하던 빛은 어느 순간 언어의 첫 몸, 그 분홍빛 알몸을 얻는지, 그러나 언어에 얹어지면 얹어질수록 왜 그리 희미한지.

언어가 깨어나기 전, 이미지와 의미와 소리로 분리되기 전의 모습은 어떠했을지(엑토플라즘 같았을지, 비체들이었을지).

길이 없어서, 몸이 없어서, 대답이 없어서 아름다운 것이라고 생각하면서 저녁노을을 바라본다.

저녁의 글 속에 들어온 사위는 흐릿하다. 마치 세상과 이별할 때 뿌리는 향수가 있다면, 그것이 내려앉은 것처럼 희끄무레하다. 죽은 사람이 생전에 세상에 남기고 간 움직임들처럼 희미하다.

유령의 희미한 빛.
침묵의 희미한 빛.

알몸의 희미한 빛.

오늘밤, 앓아의 꿈이 앓아의 뇌를 비추는 희미한 빛.

앓아는 이렇게 말했다

포에트리 파르나서스에 갔다. 올림픽에 참여하는 202개국의 시인들이 왔다. 시인들 중 절반은 감옥 출신이다. 세계의 각 나라들은 모두 나름 분쟁중이다. 시인들은 앓아에게 물었다. 풀타임 잡 있어요? 앓아는 대답했다. '있어요.' 앓아는 그들의 사진을 찍어주면서 그들의 신발도 덤으로 찍었다. 시인들 중 절반은 신발이 헐었다. 구겨진 운동화를 신고, 헐어버린 샌들을 신고 버스를 타고, 기차를 타고, 비행기를 타고, 기선을 타고, 런던으로 모여들었다. 부유한 북반구 나라들에서 신발은 그 신발을 신은 사람의 경제 수준, 유행 감각, 직업 선호도, 성 개방성, 심지어 정치적 성향까지도 알려준다고 에티오피아에서 칠레의 티에라델푸에고까지 세상에서 가장 긴 도보 여행을 한 폴 살로팩이 말했다. 아프리카에서는 수백만 명이 공평하게 똑같은 샌들을 신는다고도 했다. 부자일수록 동물의 신생아 가죽으로 만든 구두를 신으리라. 앓아는 감옥에 묶어보지 못했다. 앓아는 신발이 헐지 않았다. 그리하여 앓아는 시인일까? 앓아는 이후 시인들의 신발을 자주 관찰해보게 되었다.

응급실

조그만 고양이가 뱃속에 나타났다.

처음엔 모기만하더니 조금 있다간 쥐새끼만해졌다.

잠에 빠졌던 않아가 눈을 번쩍 떴다.

시계를 보았다.

모두가 잠든 시각이었다.

삽시간에 고양이가 커졌다.

그리고 드디어 뱃속에 어미 고양이가 나타났다.

않아는 배를 움켜쥐고 나동그라졌다.

그리고 응급실.

뱃속에 고양이가 든 않아를 그들은 대수롭지 않아 했다.

소리지르지 말라고 따끔한 일침을 가했다.

입원실에 올라가지 못한 환자들의 아우성이 꽉 찬 응급실이었다.

끊임없이 바퀴 구르는 소리, 싸우는 소리가 들렸다.

똑바로 눕지 못하는데도 똑바로 누우라고 졸린 눈의 심전도 기사가 명령했다.

걷지도 못하는데 이 방 저 방을 걸어서 옮겨다니라고 했다.

무수히 않아의 내부, 고양이 사진이 찍혔다.

그리고 결과를 기다리는 동안, 간호사가 침대가 없으니 바깥의 보호자 의자에 앉아 기다리라고 명령했다.

않아는 간호사의 이름을 외웠다. 두고보자, YBR!

신음 속에서 그 이름을 되뇌고 되뇌었다.

눕지도 앉지도 못하는 엉거주춤한 자세로 응급실이라고 적힌 네온사인을 네 시간 동안 노려보았다.

통증은 살아 있는 짐승의 몸을 하고 있었다. 않아와 분리된 채 저 혼자 살아 있었다.

않아는 YBR에게 호명되었다.

아침이 밝아오자 통증이 어둠과 함께 사그라졌다.

전위 시인

시 낭독하러 갔다.

사회자가 물었다.

어떻게 그렇게 긴 시간, 전위를 가꿔오셨나요?

앙아는 대답했다.

그렇게 긴 시간 '이게 아닌데, 이게 아닌데' 했을 뿐이에요.

그러다보니 '이게 아닌데'가 아니면 시 같지 않았어요, 라고 대답
했다.

'이것인데' 하고 알아맞힐 수 있는 시들을 쓰게 되면 버렸지요, 라
고 덧붙였다.

제가 지금 말씀하신 것처럼 진짜 전위 시인이라면 평론가 겸 사회
자님께서 앞으로 그렇게, 저를 보시면 전위 시인! 하고 불러주세요!
왠지 멋져 보여요!

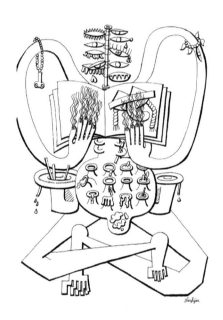

아버지와 아저씨의 어미

아버지의 종결어미는 '마라'.

저 열매는 먹지 마라.

도둑질하지 마라.

간음하지 마라.

천국에 가지 마라.

아저씨의 종결어미는 '다오'.

네 가슴을 다오.

네 분홍색 입술을 다오.

네 허벅지를 다오.

천국을 줄게.

그러나 '마라'와 '다오'의 공통점.

문 열어보지 마라, 문 열어보면 죽는다.(아버지)

문 열어다오, 문 열어주면 죽여줄게.(아저씨)

어떻게든 죽는다.

똥

    후지와라 신야의 『티베트 방랑』엔 이런 이야기가 있다. 자신이 13대 법왕 달라이 라마가 총애하던 고급 관료 의사의 증손자라고 소문을 퍼뜨린 사람이 있었다. 그의 증조부는 신의 화신이라는 분의 신탁을 받아 츠아 첸 놀프賓玉라는 비약을 판매하는 영예를 혼자 갖고 있었다. 그 비약은 신의 화신인 법왕의 똥을 말려서 다른 약가루와 섞고, 법왕이나 다른 고승의 소변으로 반죽하여 환약으로 만든 다음, 표면에 금박이나 붉은색을 입힌 것으로 당시의 일반 평민들은 전혀 손에 넣을 수 없는 비약이었다고 한다…… 그후 증손자는 인도로 피신해 간 달라이 라마가 있는 곳까지 여행을 한다. 그는 달라이 라마의 신비로운 배설물에 대한 요구를 거듭하지만 측근 승려에게 정중하게 거절당한다. 게다가 지금은 그런 세상이 아니라는 설교까지 듣고 실의에 빠진다.

    조도로프스키의 〈홀리 마운틴〉에도 똥으로 금을 만들어보려는 가열찬 노력의 장면들이 등장한다. 도시 한가운데 느닷없이 솟아 있는 탑을 본 주인공이 도둑질을 하려고, 밧줄에 몸을 묶고 탑 꼭대기의 작은 구멍으로 들어간다. 그는 어쩐지 막연하게 우리의 고정관념 속의 예수의 형상처럼 생겼다. 구멍은 긴 복도로 이어져 있고, 복도 끝에는 넓은 방이 있다. 방은 의외로 기하학적 구조 안에 있도록 만들어져 있었는데, 거기엔 연금술사 조도로프스키가 있었다. 그는 메시아가 올 때를 알고 있었던 사람처럼 천천히 일어나 예수를 환영하는 체하다가 바닥에 패대기친다. 그다음 어떻게 큰창자를 폭행했는지 모르겠지만, 투명한 용기에 그의 똥을 받아서 금으로 변화시키는 연금술을 실행한다.

그만큼 우리 내장기관이 어마어마한 일을 하고 있다는 이야기겠다. 육·해·공 생산품을 먹고 장차 황금이 될 것을 내뿜고 있다는 이야기겠다. 달라이 라마나 예수님의 신비로운 배설물은 우리와 달리 신비로운 명약이 될 거라고 생각함직하지 않은가?

모차르트*

모차르트는 죽어서 여자가 되었다.

여자가 된 모차르트는 콘체가 죽어서 콘체가 된 여자를 사랑하게
되었다.

모차르트는 콘체를 안을 때마다 얼굴에 오줌을 싸달라고 부탁했다.

모차르트는 죽어서 우주비행사의 목욕물이 되었다.

우주비행사는 우주선의 욕조에 가득찬 모차르트에 잠겨서

지구의 아내가 딸을 낳는 것을 지켜보았다.

목욕이 끝나자 우주비행사는 우주의 맨바닥으로 거칠게 팽개쳐졌다.

모차르트는 죽어서 자기복제사가 되었다.

컴퓨터에 모차르트를 넣자 수많은 경우의 수, 모차르트가 쏟아졌다.

수만 가지 기형아로 다시 태어난 모차르트들이 모두 모차르트라
주장했다.

---

* 래리 와인스타인, 〈Mozartballs〉를 보고.

114

내가 정신차리고 그중 한 모차르트의 뺨을 갈기자

모든 모차르트들이 앗! 하면서 뺨을 감싸쥐었다.

모차르트는 죽어서 모차르트 묘지를 경배하는 사람이 되었다.

경배자는 날마다 자기 묘지에 뜨거운 입술 부비면서 웅얼거렸다.

모차르트의 분홍빛 입술이여 무덤에서 나와

이 못나고 늙은 모차르트의 거친 입술을 받아주소서!

모차르트는 죽어서 초코볼이 되었다.

컨베이어벨트를 타고 초코 모차르트가 매일 오천 개씩 부화했다.

나는 모차르트의 은빛 가발을 벗겨 그의 달콤한 대가리를 입속에

넣었다.

신선하고 노오란 모차르트 주스가 한 방울씩

지구 한 방울보다 무겁고 환하게 내 머리 위로 떨어지는 아침.

나는 모차르트 씨의 심각한 번식력을 생각해보았다.

두 마리 발광 쥐가 십 년 동안 낳은 것보다 더 많은 모차르트가 쏟

아져

내 방안에 가득차는 아침.

모든 것은 작곡되어 있었고, 나는 모두 연주되어 있었다.

문서인간

지각을 했습니다.

문서로 제출하십시오.

참석을 못하겠습니다.

문서로 제출하십시오.

문서 제출을 할 수 있는 형편이 못 됩니다.

문서로 제출하십시오.

공연을 관람하고 싶습니다.

문서로 제출하십시오.

저 사람이 나를 모함합니다.

문서로 제출하십시오.

응급실에 가야 할 것 같습니다.

문서로 제출하십시오.

저는 그런 사람이 아닙니다.

문서로 제출하십시오.

관청에선 언제나 문서만 요구합니까?

문서로 제출하십시오.

저는 지금 죽어가고 있습니다.

문서로 제출하십시오.

않아가 이 문서를 쓰지 않으면 일단 않아의 제자들이 학비를 융자 받지 못한다고 한다. 장학금이 줄어든다고 한다. 그러니 이 문서를 써야 한다. 문서에 이견이 있지만 일단 긍정적으로 시작해야 한다. 입을 막고 써야 한다. 분홍색 코피 흘리며 써야 한다. 어디에 소용될 지 알 수 없는 직무를 생산해야 한다. 한번 쓰고 쓰레기통으로 쏟아 져 들어가야 할 깃발들에 글씨를 써야 한다. 그 깃발을 들고 나가야 한다.

소설을 살다

종강날 갑자기 한 얼굴이 떠올랐다. 다이애나 황태자비처럼 커다란 모자를 쓰고, 분홍색 꽃무늬 원피스를 입고, 수업을 듣던 여학생의 얼굴이. 나이가 많은 여학생이었다.

여학생은 직접경험만이 문학의 재료이며, 자신은 스스로 겪은 얘기를 소설로 쓰겠다고 늘상 말하고 다녔다. 수업을 듣고, 졸업을 하면 신념이 바뀌지 않을까 생각했다.

어느 날 그 여학생은 소설을 썼다. 광주 혁명을 거치고 살아남은 여주인공이 죽는 소설을.

그녀는 긴 소설을 완성하고 나서, 잠적했다.

연락이 닿지 않는 그녀의 거처를 조교가 찾아가 방문을 열었을 때

그녀는 이미 스스로 다른 세상으로 떠나 있었다. 그녀는 생활기록부에 고아라고 기록해두었으며, 자신의 신상을 혁명의 희생자라고 기록해두었다. 소설 선생님은 그녀의 소설 내용이 모두 직접경험이라고 했으니, 소설을 추적하면 어떤 단서를 찾을 수 있을지도 모른다고 했다.

소설에 의하면 그녀는 가족도 친구도 없었다.

오직 혁명만이 있었다. 혁명의 실패에 따른 외상후장애만이 있었다.

하는 수 없이 같은 학과의 교수들이 장례를 치러주기로 했다.

그 와중에 여러 군데 연락하다보니

그녀의 가족들이 나타났다. 부모님도 계시고 형제가 많았다.

그녀는 소설의 내용처럼 살진 않았지만, 소설의 결말처럼 떠났다.
사실 않아는 자주 그녀를 생각한다.

늘 약간 공포의 기운이 스치고 지나간 듯

희디희다못해 푸른색이 끈적거리는, 그녀의 모자 밑의 얼굴과 그
녀의 한없이 상냥한 목소리.

아피찻퐁 위라세타쿤 감독의 〈징후와 세기〉에 나오는 대화

(영화를 보고 나서 대사를 다 기억할 수 없었지만

같이 관람을 끝낸 친구가 앓아에게 심리 테스트를 하겠다고 말했다.)

세모와 네모와 원 중에 뭘 택하시겠어요?

원.

원을 그리려면 무슨 색으로 얼마만하게 그리시겠어요?

투명한 유리.

(이하 기억나지 않는다고 말하곤)

유리로 무얼 만드시겠어요?

유리컵.

무얼 담으시겠어요?

앓아의 분홍색 피.

그 용액으로 무얼 하시겠어요?

땅에 버려요.

개미가 먹어요.

봉두가 있어요.

무엇이 들어 있나요?

고기요.

무슨 고기예요?

살코기.

이미지를 떠올려보세요.

당신은 숲속을 걷고 있어요.

아주 큰 폭포가 있고

냇물이 흘러가네요.

냇물에 무언가 떠 있네요.

무엇인가요?

시신이요.

아무래도 정신분석을 받아봐야겠다, 라고 친구가 말했다.

안개비 내리는 4월

애록 사람 누구도 잠들 수 없다.

잠든 척하지만 깨어 있다.

불을 끈 집들 속에 사람들이 깨어 있다. 눈을 뜨고 잠자리에 들어 있다.

서로가 서로에게 깨어 있는 것을 들키고 싶지 않다. 서로가 잠든 것으로 하고 있다.

가랑비가 내리고 있다.

나무 위의 새집이 흠뻑 젖고 있다.

분홍색 벚꽃 잎이 허공을 물어뜯던 얇은 손톱들처럼 지고 있다.

모래사장이 흠뻑 젖어 무거워지고 있다.

문밖에 누가 서 있다.

흠뻑 젖은 사람이다.

눈을 뜨면 사라지는 사람이다.

수증기처럼 안을 수 없는 사람이다.

아지랑이처럼 가련한 사람이다.

창문에 그림지 일렁거린다.

우리를 데리러 온 사람이다.

우리에게 꼭 맞는 틀이다.

우리 몸에서 울음의 틀을 빼 만든 주형이다.

안개비 내린다.

우리가 눈뜨고 있다.

은유 금지

시인은 이제 은유를 빼앗겼다.
바다는 이제 은유의 장소가 아니다.
앓아가 시 속에서 물속으로 들어간다고 은유적으로 말한 것.
광막한 세계를 은유의 리본으로 묶은 것.
용서를 구해야 한다.

시인은 이제 계절을 빼앗겼다.
봄 다음에 여름 안 온다. 더운 겨울 온다.
꽃들 한꺼번에 피고 한꺼번에 목숨 놓는다.
앓아가 시 속에서 꽉 쥔 주먹 같은 꽃봉오리
은유적으로 말한 것 용서를 구해야 한다.

앓아는 이제 하나님을 빼앗겼다.
하나님께 기도하기 어려워졌다.

병아리떼 쫑쫑쫑 노래한 깃, 용시를 구해야 한다.

올봄에 병아리는 담장에 걸렸다.
사람들 가슴에, 옷깃에 매달렸다.

빼앗긴 봄에 검은 비 내리는 것.
빼앗긴 하나님의 분홍빛 살이 처마에서
후드득후드득 떨어지는 것.
차마 빼앗긴 바다라고 은유적으로는 말 못하겠다.

이제 이 나라에 은유가 있을까.

만약 용서해주신다면
이 세상의 시를 다 용서해주신다면.

부활절

낡아는 상복을 입고 이 도시로 출근한다.
내릴 곳 가까이 전동차가 도착하면
셔틀버스로 가실 분은 다음 역에서 내리라 하고
도보로 가실 분은 다음다음 역에서 내리라는 안내 방송이 나온다.
장례식장으로 가는 길을 지하철 방송이 알려주는 나라가 있다니.

수업을 끝내면 조문을 간다.
긴 줄의 끝에서 머리를 조아리고 국화를 바친다.
긴 줄이 점점 짧아지면 신선하고 맑고 투명하고
생생한 얼굴들이 명치에 매달린다.

조문객들은 조용하다. 멀리서 왔다.
긴 기다림에도 불평하는 사람 드물다.
국화를 바치고 묵념을 할 땐 모두 운다.
밖에 나오면 조문객에게 휴지 몇 장을 나눠준다.
조문객에게 휴지를 나눠주는 분향소가 있다니.

밖으로 나와선 누구나 편지를 쓴다.
영원히 어두운 그곳에.
영원히 차가운 그곳에.
영원히 잠적인 그곳에.

다시 만나자고 쓴다, 부디 다른 나라에서.
평안하라고 쓴다, 부디 다른 나라에서.

신을 죽이는 것이 이렇게도 쉬웠다니
부활절 아침에 않아는 생각한다.
이 도시 사람들은 누구나 상복을 입고 다닌다.
이 도시 사람들은 아무도 웃지 않는다.
이 도시 봄꽃들은 유독 천박하다.
않아는 다 펴버린 저 꽃들이 싫다.
않아는 흐드러진 저 분홍이 싫다.

이 도시는 이제 애록의 장례식장이 되었다.
않아는 애록의 장례식장으로 출근한다.
않아는 장례식장에서 우울한 학생들과 수업을 한다.
않아는 장례식장에서 관청에 보낼 문서를 작성한다.

않아는 뒤집어진 바다처럼 흐릿한 하늘을 쳐다본다.

방학

꿈속에서도 않아는 선생이다. 선생이어서 싫다.
빈 걸상에는 목소리, 목소리, 이미 떠난 목소리들만 앉아 있다.
출석부를 열고 이름에서 귀를 꺼내보던 시간들은 떠났다.
아이들은 머리칼을 휘날리며 가방을 들고 떠났다. 이제 다 소용없다.
걸상들은 깨지고 분홍색 엉덩이들은 날아갔다.
출석부 학적부 시험지 구겨져 날리는 공책들에게
않아는 시를 읽어준다. 차가운 바람이 부는 교실.
말하는 바람이 귓속에 무엇을 집어넣고 있는가?
청소함 빗자루 도시락 쏟아져 뒹구는 칠판에게
애록의 시를 읽어주는 않아의 꿈의 풍경!
차가운 바람보다 더 차가운 책장들이 날리는 교실.
공책을 달리던 손가락들은 가고, 글자는 떨어졌다.
요새 애록의 아이들의 노래엔 '미쳤다'라는 단어가 필수다.
꿈속에서도 않아는 왜 선생일까? 선생이어서 싫다.
걸상에 빼곡히 들어차 창밖으로 떨어지는 눈빛들.
걸상과 책상은 부재의 틀이다.

책상을 두드리며 애록의 시를 듣던 귀들은 어디로 갔나.

않아는 이제 기다리지 않는 기다림이다.

열쇠도 없는 사물함들이 입을 다문 채 운다.

않아는 출석부를 꺼내 윙윙거리는 이름을 부른다.

꿈속에서도 나는 왜 선생일까? 선생이어서 싫다.

글자가 되면 사라진다

소설이 영화가 될 때가 많다.

그러면 대부분 소설을 읽은 사람들은 그 영화를 보고 절망한다.

소설을 읽을 땐 그 소설의 문장과 함께 상상적 경험의 공간이 가동되기 마련인데 영화는 그 공간을 협소하게 만들어버린다.

영화는 언어들이 그 언어들 각각의 삶을 끌고 와 소설에 펼쳐놓는 오래된 시공간의 안팎을 감당할 수 없다.

않아는 그래서 영화가 될 수 없는 소설들을 좋아한다.

삶의 일부가 영화의 일부나 서사의 일부가 된 것을 경험한 적이 있는가.

화면이나 서사의 일부가 된 뒤의 삶을 서성거려본 적이 있는가.

무엇이 말해지고, 무엇이 말해지지 않았는지 구분해본 적이 있는가.

기억의 창고에 끈적끈적한 비가 들이치는 경험을 해본 적이 있는가.

고백하라! 고백하라! 고백하라!

상담하고 치료해주겠다. 상담하고 위로해주겠다. 상담하면 낫는다.

상담 천막을 치고, 휘장을 두른 상담 버스들이 이 도시에 몰려왔다. 매뉴얼을 들고 펜을 든 사람들이 몰려들었다. 옆구리에 '상담을 해드립니다' 하고 휘장을 두른 버스를 지나칠 때마다 엄마 아빠들이 얼마나 무서울까, 첫 말을 꺼내기 얼마나 어려울까, 이불을 쓰고 울었으리, 생각한다.

대웅전의 탁상시계

엘렌느와 한국 남동쪽의 절 구경을 다닌다.

단풍에 휩싸인 검은 절은 더 고즈넉하다.

엘렌느가 않아에게 묻는다.

느네 나라 절들의 대웅전 제일 큰 부처 앞엔 왜 항상 플라스틱 분홍색 연꽃과 탁상시계가 있니?

천 년 된 절과 어울리지 않아.

않아는 드디어 봉정사에서 스님을 찾아가 묻는다.

스님이 자기 손목을 걷어 보이고 대답한다.

우리는 손목시계가 없습니다.

그런데 시간에 맞춰 예불을 시작하고, 시간에 맞춰 끝내야 합니다.

엘렌느에게 설명해주자 엘렌느가 또 묻는다.

손목시계를 갖는 게 더 낫지 않을까?

애록에 살아요

저마다 저 자신이 제일 무서운 사람들에게
밤이면 제 몸을 떨어 여전히 살아가는 죄를 달래보는 사람들에게
임종하는 꽃잎을 속수무책 밟고 온 사람들에게
따뜻한 체온이 부끄러운 사람들에게
몸에 박힌 가시로 심장을 가동하는 사람들에게

해마다 몇 번씩 아직도 살아 있으니 부끄럽지 않으냐고,
슬프지 않으냐고 채찍질하며 묻는 나라, 애록에서 산다는 것.

에베레스트 눈물

오래전에 네팔에 갔을 때다.

아직 궁정에서 친인척 간의 어마어마한 살육 사건이 일어나기 전의 일이다.

걸핏하면 반군이 나타나 너 어느 쪽이냐고 물어대던 시절 얘기다.

여행객 누구나 반군에게 줄 돈을 챙겨가지고 다닐 때의 얘기다.

총을 들이대고 너 어느 쪽이냐 묻기도 전에 대답 대신 돈을 주면 그들은 영수증을 주었다.

자신들이 집권하면 갚아주겠다고 했다.

어느 날처럼 반군이 길을 막았다.

이번엔 돈을 달라고 하지 않았다.

아예 통과를 시켜주지 않았다.

하는 수 없이 가던 길을 돌아가 여행객들끼리 돈을 모아 프로펠러 비행기를 탔다.

애록으로 돌아갈 비행기 예약 시간 때문이었다.

네팔과 티베트 사이 에베레스트산맥의 그 명망 높으신 봉우리들을 따라 비행기가 날아갔다.

가는 내내 작은 비행기를 따라오는 장엄한 에베레스트를 보고 감격하여 한없이 눈물이 났다고 말해야 옳겠지만, 그것보다는 흰 눈 덮인 봉우리들 사이사이로 드러난 그 엄청나게 날카로운 바윗돌들 때문에 눈물이 났다. 그것들이 그 높은 공중에 매달려 그렇게 고통스러워 보일 수가 없었다. 고통, 그 자체였다.

왜 우는지 생각해볼 새도 없이 눈물이 났다.

그다음부터 화면에 눈 덮인 에베레스트만 나오면 눈물이 났다.

왜 우는지 그때마다 생각해보기도 전에 매서운 바윗돌들이 명치를 때렸다.

시간 지우개

책상 위의 탁상시계는 앓아의 지우개.
방의 시간을 째깍째깍 잘도 지워준다.

칠 년 언도를 받은 그녀가 다시 문안으로 사라졌다.
○○야! 앓아가 그녀의 이름을 불렀다.
그녀가 앓아를 돌아보았다.
그리고 소리쳤다.
너 죽을래? 쬐끄만 게 건방지게 내 이름 그냥 막 불러!
재판정의 사람들이 이쪽저쪽 가릴 것 없이 다 왁자하게 웃었다.

그 몇십 년 후 세상 밖으로 나온 그녀의 몸을 둘러싼 공기가 푸른
색에서 회색으로 차츰차츰 바뀌어갔다. 푸르렀던 기상과 유머는 사
라지고, 혼돈이 그녀의 정신 속에 자리잡았다. 그녀가 섬뜩한 이메
일과 편지를 보내기 시작했다. 이번엔 그녀가 환자복을 입고 철문
안으로 사라졌다. 이번에는 그녀의 이름을 부르지 않았다.

매를 맞을 때보다 더 무서운 시간 지우개의 매질.

감옥 안보다 감옥 밖에서 더 큰 지우개의 매질.

책상 위에서 째깍째깍 채찍을 든 초침이 지나간다.

여자 작가와 남자 작가의 전시

서초구 쑥고개길에 있는 미술관에서 두 개의 전시를 관람했다.

먼저 이층에 전시된 그림 내용을 풀이하면 이랬다.

—왕관을 쓰고 상의는 입지 않은, 목 잘린 남자의 얼굴, 그 앞에 아홉 개의 가죽끈으로 만든 허리띠를 두른 여전사.
—루이스 부르주아의 쇠거미에 그네를 매서 빨간 팬티만 입고 그 그네를 타는 여자.
—주물 공장 이층에 벌거벗고 엎드린 여자.
—깊은 터널에 매달린 쇠거울에 나신을 비춰보는 여자.
—구름. 그러나 가까이 다가가보니 머리를 깎이고 벌거벗겨진 여자들의 몸. 서로 엉켜 있다.
—흰 물개. 그러나 사람의 얼굴을 가진 물개.
—흰 물개. 얼굴은 하나인데 몸통 두 개가 맞붙은 샴쌍둥이 물개.
—발뒤꿈치가 하이힐 굽으로 진화한 세라믹 발을 가진 여성이 허공을 걷고 있다.

—흰 세라믹 하이힐 속에 여자의 클리토리스가 입을 벌리고 있다.

—남자친구의 잘린 목을 들고 피에타 자세로 앉은 여성의 방은 붉다.

—거대한 나팔관 두 개에 가슴 서른여섯 개가 꿰매져 있다. 그 가슴에선 양파가 자라고 있다. 썩은 양파 냄새.

—여자가 생선을 자르고 있다. 몸과 머리가 분리된 생선이 부엌에 넘치고 있다.

—부엉이 탈을 뒤집어쓰고 소녀 둘이 사랑하고 있다. 두 몸이 가냘프다.

—진흙을 몸 전체에 뒤집어쓴 여자가 울고 있다. 눈물이 여자를 씻기고 있다.

—이건 실제 이야기를 찍은 사진이다. 건장한 여자는 남자가 되는 수술을 받았다. 수술을 받기 전과 받은 후 사진. 같은 방의 같은 거울 앞에서 같은 자세로 찍은 사진. 여자의 분홍 가슴에 검은 털이 돋기 시작했다. 그 옆에는 검은 털이 여자의 가슴을 뒤덮고 있는 사진. 여자는 남자가 되어가는 중이다.

—여자는 몸속의 상처받기 싫은 자아를 그렸나보다. 그것은 마치 검은 실로 꿰매버린 귀처럼 생겼다.

—소녀가 물속에서 빨간 아기를 낳았다. 소녀가 아기를 안고 있다. 자세히 들여다보니 유령 소녀다.

—서재에 일 미터 높이로 쌓은 책더미 위에서 책을 보던 뚱뚱한

여자가 옷을 다 벗고 책들 위에 드러누워 있다. 책을 빌리러 온 날씬
한 여자들이 그 여자의 뚱뚱한 몸을 관찰하고 있다.

　─사진을 걸어놓고 그 사진을 본받으려 하고 있다. 단식하면서
그 몸이 되려 하고 있다. 그러나 단식하면 할수록 몸에서 꼬리가 돋
고 있다. 꼬리가 굵어지고 있다.

　관람객은 않아 혼자였고 화환은 없었다.

　다음. 일층 전시 내용은 이랬다.

　─찻잔 여섯 개와 잔 받침

　─백자 항아리

　─좀더 큰 백자 항아리

　─더 큰 백자 항아리

　─아주 큰 백자 항아리

　─평화 통일이라고 새겨진 백자 항아리

　─새가 그려진 백자 항아리

　─물고기가 그려진 백자 항아리

　─호랑이가 그려진 백자 항아리

　─달항아리

―또 찻잔 여섯 개와 잔 받침

―연꽃무늬사발

―빗살무늬사발

―사발

―사발

―사발

―항아리

―항아리

―항아리

―찻잔

―찻잔

―찻잔

〈화환 보내신 분〉

통일부장관 류○익

특임차관 권○기

대한변호사협회장 신○무

경상북도 도지사 김○용

명성교회 목사 김○환

삼지회계법인

서울대 법대 교수 정○섭

한국방송공사 KBS 이사장 이○영

법무연수원 연구위원 김○욱

농협은행 대표 신○식

등등

관람객은 넥타이 12, 성장을 한 노부인 2

사물의 영

십 년 넘게 않아를 앉혀주던 자동차가 떠났다.

단 한 번도 다른 사람이 핸들을 잡지 않았던 자동차가 않아의 앞을 지나서 떠나버렸다.

자동차의 영이 않아를 물끄러미 쳐다보면서 갔다.

이 광경이 않아의 눈에 칵 찍혔다.

그리고 자꾸 반복된다.

않아는 오래 정든 소를 외양간에서 떠나보낸 할아버지처럼 장죽 한 대 물고 담배 한 대 피우고 싶다.

다음날 아침 천리쯤 떨어진 멀리서

않아의 자동차가 어디론가 출발하는 것이 보였다.

먼 나라로 기선을 타고 떠나는 듯 아득했다.

울트라마린빛 새벽공기를 뚫고.

사물의 영이 보낸 동영상 편지였다.

정성의 지표

이름을 쓴 그래프가 붙어 있다.

이것은 제자를 몇 명이나 사대 보험이 되는 직장에 취직을 시켰는지 가리키는 지표다.

물론 않아의 이름 위엔 단 한 개의 동그라미도 붙어 있지 않다.

그래도 않아의 시집엔 단 한 개의 별이라도 붙어 있었는데.

않아는 사표 쓰는 법을 인터넷에서 검색한다.

관청의 높으신 분들은 취직을 못 시켰으니 정성을 증명해 보이라고 한다.

방학중에도 매일 나와서 취직을 독려하고

산업체에 연락하고, 회의를 하라고 한다.

그것을 증명하기 위해 회의하는 모습을 사진으로 촬영해서 매주 제출하라고 한다.

누구에게 정성을 보이는 것일까? 높으신 분들에게? 골방에서 글 쓰고 있는 제자들에게?

취직을 시키지 못한 음악과에서 제자에게 전화를 걸었다.

의료보험이 되는 곳에 취직을 해라.

제자가 대답했다.

일평생 드럼을 치면서 살고 싶습니다.

선생님이 그러라고 저를 교육하시지 않으셨습니까?

취직을 시키지 못했어도 매주 한 번씩 모여서 회의 사진을 찍어야 한다.

정성을 평가받아야 한다.

않아는 감자볶음요리를 끝낸 다음 높으신 우리 가족님들은 나의 정성을 어떻게 평가하실까 생각한다.

않아는 시를 한 편 쓴 다음 고명하신 독자 제위께서는 이 시에 포함된 나의 정성을 어떻게 평가하실까 생각한다.

않아는 친구를 만난 다음 친구여, 오늘 우리의 친목 정진을 위한 내 정성은 몇 점이었니? 물어본다.

않아는 매시간 매 순간 정성을 평가받아야만 할 것 같은 강박이 생긴다.

않아는 해마다 관청에 정성을 보여야 한다.

사표 대신 정성을 보여야 한다.

예술가로 키워 취직을 시키라는 관청의 주문에 정성을 보여야 한다.

가려움으로 돌아온 시간

앓아는 팔이 가려웠다.
철제 옷걸이를 펴서 깁스한 석고 속으로 집어넣었다.
한번 긁기 시작하면 멈출 수 없었다.

심지어 피가 흐를 때도 긁었다.
버스에 타고서도 집에 도착하면 어서 팔을 긁어야지 생각했다.

사람들의 시선이 앓아의 깁스한 팔에 머물렀다.
그러면 더 긁고 싶었다. 시선이 그렇게 가려운 것인 줄 처음 알았다.

긁지 않을 때는 어깨를 잡고 있었다.
팔을 잡고 있으면 더 가려울 것 같아서였다.

매시간 헤어진 애인에 관한 새 소식을 들을 때처럼
몸이 쫑긋! 가려운 팔에 귀라도 달린 듯 긴장했다.

이 세상은 가려운 것과 그렇지 않은 것으로 분류되었다.

이를테면 버스는 가려운 것, 가로등은 가려운 것,

그러나 저 웅덩이는 가려운 것, 저 태양은 가려운 것,

이 바람은 모처럼 가렵지 않은 것. 빗방울은 심하게 가려운 것, 그렇게 분류되었다.

가려움을 참고 있으면 전신에 통증이 몰려왔다.

특히 머리의 피부와 해골 사이가 제일 아팠다.

세상은 아픔의 표면 아래 가려움을 감추고 있었다.

가려움을 잊기 위해 무거운 것을 들기도 하였다.

가려움을 잊기 위해 종일 달리기도 하였다.

그러나 인내의 한계에 봉착하면 뾰족한 것을 찾았다. 가려움을 해방시키려면 일단 긁어야 했다.

너무 긁어서 뼈가 뚫릴 것 같아 병원을 찾았다.

깁스를 풀어주십시오.

더이상 참을 수 없습니다.

의사가 말했다.

이제 여긴 그만 오십시오.

당신은 팔이 없지 않습니까?

희박한 나라

희박한 공기.
희박한 자유.
희박한 실존.

티베트에 가면 어쩐지 시가 사는 나라에 도착한 듯한 느낌이 든다.

기골이 장대한 남자들과 기상 높은 여자들이 땅에 몸을 밀착시키
며 사원으로 몰려간다.
길게 땋은 숱 많은 검은 머리채들.

야크 버터 타는 냄새와 스님들의 독경 소리.
굵은 뿔테안경과 수런거리는 말투.
걸어가면서도 마니차를 돌리며 외우는 진언들의 음송.
백석이 지나쳐간 식민지 조선의 저잣거리처럼 나라가 이우는 냄새.

조금만 도시를 벗어나면 길 닦는 노역에 몸이 닳아진 사람들의 검

은 천막이 나타난다.

천막 안에는 먹다 남긴 차가 담긴 그릇과 뒹구는 비닐봉지 몇 장. 그리고 번들번들한 검은 눈빛.

손톱에 검은 때가 낀 사람들이 보릿가루를 그릇 속에서 움켜쥔다. 그리고 벽돌 같은 찻잎을 깨어 주전자 속에 던진다.

희박한 공기가 하루에도 몇 번씩 앓아를 명상 상태에 빠지게 한다. 앓아는 눕거나 앉아서 붕 떠오른다. 건물의 일층에서 이층으로 계단을 올라갈 때도 붕 떠오른다. 희박한 공기 속에서는 일층에서 이층까지 올라가기가 산 하나를 넘는 것만큼 힘들다. 이렇게도 몸이 무겁던 적이 없다. 앓아는 지구를 질질 끌고 걸어 다니는 듯하다. 그리고 잠시 잠깐, 앓아는 앓아를 이탈해 명상에 빠진 앓아를 보게도 된다.

한밤중 앓아는 낡은 숙박업소의 창문을 열고 익명의 빛이 쏟아지는 어느 집의 열린 창문을 하염없이 내려다본다. 검은 하늘 아래 잠들어 있는 검은 머리채들 사이를 날아다니는 희미한 유령의 기름진 머리채.

밤새 사벽에 붙은 붉은 의자에 둘러앉아
붉은 카펫에 두 발을 내리고
토론에 빠진 이국의 남자들을 내려다본다.
그들이 밤새 마시는 차가 끓는 시커먼 주전자와 담배 연기.

시가 살아가는 나라에 온 것처럼
희박한 공기.
희박해지는 문명.
희박해지는 않아.

우즈 강가에서

버지니아가 모피 코트의 끈을 묶는 동안에

강물이 일 킬로미터 흘러가버렸어.

버지니아가 문을 닫고 고개를 숙이고 걸어가는 그동안에

강물이 일 킬로미터 흘러가버렸어.

버지니아가 돌부리에 신발이 걸려 넘어져 깨진 무릎을 살피는 동안에

강물이 일 킬로미터 흘러가버렸어.

다시는 미치고 싶지 않아 그 과정을 다시는 겪고 싶지 않아 웅얼거리는 동안에

강물이 일 킬로미터 흘러가버렸어.

주머니에 손을 찌르고 강물이 흘러가는 것을 바라보는 동안에

강물이 일 킬로미터 흘러가버렸어.

더럽고 누런 강물이 일 킬로미터 흘러가버렸어.

그대가 준 행복 말할 수 없고 소중하고 소중했으나

유언의 문구를 다시 읊는 동안에

강물이 일 킬로미터 흘러가버렸어.

무너지는 그대 모습 속으로 발을 들이밀었었어.

내 삶을 끌어안고 있어주느라 그대 얼마나 불행했는지

나는 그대 속으로 일 킬로미터 흘러가버렸어.

모두가 떠나가버려도 끝까지 지켜준 당신

이제 당신을 놔주고 당신 속으로 일 킬로미터 흘러가버렸어.

강물 속에서 약병들 부딪히는 소리

알약들이 입술을 반짝이면서 가득 흘러가고 있었다.

과거는 이미 아니고.

미래는 아직 아니고.

그리하여 현재는 지금 아니고.

　나날의 이불 같은 버지니아의 강이 버지니아의 지팡이를 싣고 흘러갔다.

　강물이 거울처럼 멈췄다가 떠나며 않아의 눈알을 후볐다.

　세계 각지에 흩어진 여자들의 방을 느닷없이 침수시켜버릴 그 강물이.

까마득한

어지럼증 클리닉의 대기실에서 누구에게나 말을 거는 할머니 한 분 때문에 갑자기 대화가 만발했다.

우리가 제일 많이 쓴 단어는

낭떠러지
절벽
벼랑
비탈길
그리고 바닥

순이었다.

물리치료실에선 모두 낭떠러지에서 떨어지지 않고 살아가는 방법을 연습했다.

외발로 걷기, 시선을 한 점에 고정한 채 머리 돌리기, 흔들리는 판 위에서 넘어지지 않고 서 있기, 움직이는 판 위에서 신호에 따라 손뼉치기. 조각조각으로 나뉘어 꿈틀대는 침대 위에 누워 있기. 짐볼

위에서 엉덩이 돌리기. 부르르 떠는 물침대 위에서 전신을 떨어대기.

　낭떠러지에 서 있는 사람에게는 모두가 까마득하게 어려운 일이다.
　무한 지경이 바로 발아래 있다. 우리 몸은 안개나 바람, 나무와 햇볕 혹은 타인 같은 것들은 허공에 두지만 이 발바닥만큼은 땅에 둔다. 그런데 이 발바닥이 땅과 불화하다니.

　이 지상에서 받은 우리의 이 작은 부동산이 누군가의 손바닥 위에 올려진 듯한 위태로움, 그만큼. 그것마저 곧 빼앗길 사람들처럼.
　절벽에서 매 순간 뛰어내리고 있는 우리의 현재들처럼. 진행중인 상실처럼.

수입된 알리바이

않아는 그의 책을 읽고 있다.

그는 외국의 이론들을 요약해 들려주고 있다.

그는 아무래도 이론 무역상인가보다.

이것이 그의 직업인가보다.

애록의 출판사들이 책들을 번역 출간하면서

점점 원작료가 올라가는 외국인 저자도 있다.

그러나 애록의 책은 외국어로 아주 조금 번역된다.

번역이 좋지 않은 경우도 있다.

이런 현상은 번역자들이 외국말을 못해서가 아니다.

번역자들이 오히려 애록말에 서툴러서다, 라고 ㅎ선생님은 말했다.

애록엔 몇 년씩 주기적으로 유행하는 외국 우상들이 바뀐다.

학위 논문을 쓸 때도 않아는 그 우상들의 거명이 부족해 늘 지적을 받곤 했다. 그 우상들이 거명되지 않으면 반려되는 경우도 있다.

시인마저도 시에서나 산문에서나 애록 밖 사람들의 말이나 그의

생애를 인용한다.

프랑스에서 온 고명하신 저자 한 분과 얘기를 나누다가
요즘 애록에서 가장 많이 인용되는 저자에 대해 물었더니
그가 심드렁하게 순전 소스 덩어리 아니에요? 해서 깜짝 놀랐다.
요즘 애록의 글에서 그가 인용되지 않으면 비평가, 학자라 할 수
없는데
그의 말이 애록 문학의 알리바이가 되는 경우가 많은데
우리는 현재엔 입 다물면서 외국이나 과거에서 문학의 알리바이
를 찾고 있는데
그는 애록 사람이 애록 문인들 비웃듯 그렇게 비웃는 것이 아닌가.

않아도 그가 경멸하는 그 소스 덩어리 학자의 말과 글이 않아가
쓴 글들의 알리바이로 착용하기 아주 적당하다고 생각해왔다. 수입
된 알리바이긴 했지만.

태양왕의 의자

오백 년 전에 지어진 프랑스의 제일 큰 성에서 낭독회를 가졌다.
성의 큰 홀에는 태양왕들의 전신 초상화와 중세의 그림들이 가득
걸려 있었다.

프랑스에 도착한 다음날이었다.
시차에 풀이 죽어 있었다.
그래서 그 홀의 사면에 죽 늘어선
어떻게 이런 색깔이 가능했을까 싶게 털이 길고 선명한 진홍빛 양
탄자를 씌운 의자 중 하나에 가방을 올려놓고 드러누워 쉬었다.

그렇게 쉰 다음 한국어와 프랑스어로 번갈아 낭독회를 가졌다.

낭독회가 끝난 다음 성의 관리인이 낯아에게 다가와 속삭였다.
아까 당신이 누웠던 장의자는 오백 년 전의 것입니다.
태양왕의 의자 중 하나입니다.
당신이 먼 곳에서 왔다기에 그때 말씀드리지 않았지만

그 의자는 눈으로만 보는 것입니다.

앉아는 깜짝 놀라 열 번 머릴 조아렸다.
그런데 그 의자를 그렇게 함부로 놓아두다니,
앉아의 일행은 전부 그 의자에 앉아 있었다.

그 이후 그 성의 이름만 들어도 앉아는 머리를 조아리게 되었다.
시 낭독회 따위는 완전히 잊어버렸다.

동그라미

집에서 밥만 하고 있으면

동그란 것만 봐도 멀미가 난다.

동그란 밥그릇, 동그란 솥, 동그란 냄비, 동그란 물, 동그란 시간,
동그란 윤회.

앓는이는 얼른 네모난 책상, 네모난 책, 네모난 칠판, 네모난 교실을
떠올려본다.

네모 안에 있으면 동그라미를, 동그라미 안에 있으면 네모를 떠올
린다.

하나님은 네모를 못 만드시니

네모 안에 하나님은 계시지 않을 것만 같다고 생각해본 적도 있다.

앓는이는 네모난 개수대 앞에서 외친다.

동그라미는 정말 싫어!

동그라미는 우리를 이 세상에 복무하라고, 매일매일 벗어나지 말
라고 만든 틀이야!

동그라미는 제로야, 제로로 밀어넣는 손길이야. 제로 곱하기 영이야. 거품이야. 풍선이야. 테두리야. 영원히 소멸하는 현재야.

네모든 동그라미든 밖으로 나갈 수 없다.

끝없이 돌아온다. 이미 지나갔는데 또 돌아온다. 백년 전의 아침이 또 돌아온다. 천년 전의 저녁이 또 돌아온다.

도형은 우리를 가두는 틀이다. 윤회다.

태양의 돌팔매에 실려 우리가 쏜살같이 지나가고 지나간다. 돌아온다.

고개를 들어 밤하늘을 쳐다보면 거기 이미 죽은 지 오래인 별빛 두 개가 이제야 않아의 눈동자에 맺히고 있다. 사라진 과거가 이제야 빛나고 있다. 어디로 달아날 수 있단 말인가.

아직 태어나지 못했다

　않아가 않아를 두고 유체이탈했다. 그리고 바라본 것, 겨우 않아의 몸이었다.

　괴로워하고 있었지만, 떠올라서 보니 그다지 불쌍해 보이진 않았다.

　놀라고 있었지만, 많이 놀라는 것 같지도 않았다.

　저것은 오브제, 어느 작가가 만들다 말고 뭉개버린 하나의 오브제였다.

　그러나 않아가 평소에 생각한 것보다 몹시 초라했다.

　않아처럼 생긴 창백한 몸이 견디고 있었다. 않아는 천천히 바람이 빠지는 풍선이 되어가고 있었다.

　'지금의 나는 번데기를 두고 날아오른 나비인가' 의심하는 순간, 않아는 몸으로 돌아갔다. 그리고 몸속에 덜컹덜컹 흔들리며 안착했다.

　그후 그렇게 날아오른 것을 영혼이라고 부를 수는 없겠다고 생각하게 되었다. 영혼이라면 그처럼 일상적일 수가 없었다. 몸을 바라보는 시선에 고결한 무엇이 없었다. 마치 타인의 시선처럼, 거울이 된 사람처럼 않아가 않아를 바라보았다. 않아를 떠난 않아는 연민과 수치에 찬 타인이었다. 공중에 떠오른 않아는 타인의 세속적인 시선이었다.

이 경험을 않아는 거울이 되어본 경험이라고 공책에 적어두었다. 이것은 마치 현실이 아닌 현실, 장소가 아닌 장소에서 않아가 아닌 않아가 않아가 아닌 않아를 바라본 경험이었다. 거울이라는 장소와 않아의 주객전도였다. 마치 시에서의 시적 화자가 일상적인 '나'를 관찰하는 것처럼, 메아리가 돌아본 목구멍처럼 그렇게 않아는 한동안 가상의 공간에 머물렀었다.

이후 나비를 볼 때마다 나비는 애벌레로 땅속에 있을 때의 기억과 정체성으로부터 굉장히 멀리 떨어져 있다는 생각을 하게 되었다. 그리고 않아는 지금 두 발이 땅에 붙어 있으니 여전히 애벌레 상태라는 것도. 아직 뿌리가 뽑히지 못했다는 것도.

그러고 보니 않아는 아직 태어나지 않았나보다.

사마귀의 목소리

그는 몸속에서 들리는 목소리를 사랑했다.

혼자 있을 때 그 목소리를 두려워하는지는 모르겠지만 않아 앞에서는 늘 자랑했다.

너는 시인이라고 하는 게 목소리도 못 듣고, 무슨 소릴 쓰는 게냐?

그럼 않아가 물었다.

그 목소리님이 시도 불러줘?

아니, 이 세상의 석학들이 무릎 꿇을 얘길 들려주지.

않아는 그를 끌고 병원에 갔다.

그는 의사에게 자신에게 들리는 목소리에 대해 우렁찬 목소리로 웅변하듯 말했다.

내 사마귀에서 소리가 납니다.

그러나 권태로운 의사는 말했다.

환청은 감기와 같습니다. 약을 먹으면 금방 떨어집니다.

진단을 들은 그가 토끼보다 빠르게 쏜살같이 진찰실 밖으로 내뺐다.

무엇이 그에게 저렇듯 자부심에 찬 두려움을 주었을까?

그는 목소리를 벗어날 생각이 없었다.

목소리가 사라진 말갛게 씻긴 세상을 더 두려워하는 것 같았다.

그를 따라서 뛰었지만 어디로 사라졌는지 찾을 수 없었다.

나중에 다시 그가 무서워하는 병원 말고 한의원에 데리고 갔다.

내 몸의 검은 점마다 소리가 살고 있습니다. 그는 말했다.

그는 한의원에서 지은 약은 쓰레기통에 버렸다.

(물론 이건 나중에 안 사실이다.)

목소리는 점점 커졌다. 그는 목소리에 정신을 빼앗긴 반쪽짜리 존재가 되었다.

나중엔 목소리가 쉴새없이 욕을 내뱉었다.

그리하여 그는 몸속의 목소리와 욕을 섞어서 않아에게 말했다.

정리하자면 다음과 같았다.

나를 괴롭히는 목소리만 좀 빼줘. 하지만 내가 좋아하는 목소리는 남겨줘.

그러나 목소리는 통째로 빠지거나 통째로 세지거나 하지

따로 다니지 않는 거라고 의사는 말했다.

그는 미지의 세계 저 너머로, 점점 황폐한 곳으로 갔다.

않아는 그에게 우선 점과 사마귀를 빼자고 애원했지만 소용없었다.

그는 사마귀에 매달린 채 않아가 헤아리지 못할 고도로 높이 올라가버렸다.

그와 동행할 때마다 앓아는 앓아의 꿈속의 질척한 우물에 닿았다가 밑바닥을 긁고 올라오는 메아리를 마주하고 몸서리쳤다. 그가 그곳의 목소리를 앓아에게 들려주었기 때문이었다.

죽음의 숙주

고양이 기생충 톡소포자충에 감염된 쥐는

고양이에게 잡아먹힐 행동만 골라서 한다.

겉모습은 쥐지만

쥐의 뇌 속엔 고양이 음식 되기 장단기 프로젝트가 입력돼 있다.

고양이님이 배고플 때 고양이님 집 앞에서 기다리기.

고양이님 오줌 냄새를 맡아야 발정나기.

고양이님이 뒤지는 쓰레기통 속에 미리 가서 기다리기.

야로슬라프 플레그르는 고양이 기생충 연구자다.

그는 고양이 기생충 톡소포자충에 감염되었다.

그는 그도 모르게 고양이 앞에 쥐 모드로 살아가게 되었다.

그는 느릿느릿 걷다가

고양이 출몰 장소에 자주 발을 내딛게 되었다.

고양이 기생충 톡소포자충에 감염된 인간은

정신분열증에 걸려서 쥐 마인드로 산다고 한다.

않아처럼 시에서 쥐 화자 모드로 말하길 즐겨 하는 인간이 이 케이스가 아닐까.

살아 있는 것들 모두 죽음의 기생충인 산소 포자에 감염된 건 아닐까.

우리는 쉬지 않고 산소를 마셔대지만

결국 산소가 우리를 죽인다.

하루에 15회×60분×24시간 숨을 내쉬고 들이쉬지만

결국 산소 포자에 감염된 채 산화되어 늙어가다가 죽게 된다.

(하루에 우리가 마시는 산소량은 십만 팔천 리터

우리는 하루에 깊은 우물 하나만큼의 산소를 들이켠다.)

그리하여 산소를 많이 마신 사람일수록 죽음에 어울리는

얼굴을 하고 있지 않은가.

시인들은 누구나 죽음 톡소포자충에 감염된 얼굴을 하고 있다.

죽음에 잡아먹힐 행동만 골라서 한다.

겉모습은 멀쩡하지만 시인들의 뇌는

극단적인 비현실과 존재의 부재와 매 순간 새로 탄생하는 소멸에 감염되어

매일매일 죽음 되기 장단기 프로젝트를 가동하고 있다.

매 순간 소멸하는 이별에 절여진 채 하루종일 징징거린다.

매번 승리하는 소멸에 패배하면서도

그것의 매혹에 감염되어 죽음의 문 앞으로 표류하고 표류한다.

그리하여 시인은 날마다 죽음보다 먼저 죽겠다고 몸부림치는 감염된 사람이다.

이별을 살다

당신은 떠났지만 잔상은 남았다.

시인은 잔상의 나라에 사는 사람.

흐릿한 얼굴에 손을 집어넣으면, 얼굴이 칼처럼 스윽 당신을 벨 것이다.

어쩌면 0.0001초의 나라.

그 나라.

이별 나라.

시인은 그 나라에 산다.

이 세상에 존재하지 않는 것 같지만, 분명히 있는, 기억 속을 비추는, 상상 속을 비추는, 꿈을 비추는 희미한 태양이 뜨는 나라. 침묵의 나라, 시인은 그 나라의 시민이다.

당신이 떠난 그 시각, 당신의 그림자마저 저 모퉁이를 돌아선 그 시각, 그 순간. 시는 이별을 산다. 모퉁이를 돌 때의 당신의 머리칼, 목덜미. 그것의 지루한 반복. 모로 누운 시인의 얼굴과 무릎이 점점 가까워진다. 시인의 몸이 동그래진다. 그 순간 시인이 '죽어 있나'

당신이 '죽어 있나'. 죽음은 진행형이 가능한 상태인가. 문법의 나라에서는 틀렸지만 잔상의 나라에서는 가능한 말, 죽음의 진행. 영원한 진행. 당신과 시인은 지금 '죽어 있다'. 시 속의 '나'는 몸을 동그랗게 하고 '죽어 있다'. '나'는 당신이 모퉁이를 도는 그 순간 죽었다. 트럭과 충돌한 자전거 소년이 병상에 누워 그 순간, 짧지만 긴 그 순간을 되풀이 되풀이 보듯이. 트럭이 브레이크를 밟고, 눈앞에서 희고 작은 자동차가 끼어들고, 그 자동차의 앞유리를 깨고 소년은 두둥실 떠오르고. 소년은 그 장면만을 보고 또 본다. 하루에 일만 사천사백사십사 번 그 장면을 본다. 자신과 물체가 충돌하던 그 순간을. 그 시간 속에 소년은 죽어서 살아 있다. 그렇게 한순간이 영원히 흐르는 나라, 시의 나라. 흐릿한 나라, 추억을 비추는 빛처럼 흐릿한 나라. 시인은 그 흐릿한 나라의 시민이다. 영원히 지속하는 현재. 무無시간. 사건의 현장이 말끔히 치워진 자리에 망연히 서서 그 사건의 잔상 속에 여전히 살아 있는 사람. 잔상의 심장이 펄떡펄떡 뛰는 것을 느끼는 사람. '나'와 이별하던 그 순간, 그 순간의 시민인 '나', 잔상의 시민. 그/그녀는 시인.

질문들

국제도서전에 갔다.

애록 기자들이 왔다.

그중 한 기자가 물었다.

도서전에 참석한 소감이 어떻습니까?

않아가 대답했다.

네, 소감(질문자들이 제일 좋아하는 단어다!). 시인이 시를 팔겠다고 시장에 나선 기분입니다.

출간한 시집 목록을 들려주십시오.

포털 사이트에서 찾아보십시오.

그 기자가 또 물었다.

대표작이 무엇입니까?

글쎄요. 그것도 인터넷에서 찾아보십시오.

또다른 기자가 물었다.

번역된 도서가 무엇입니까?

외국의 포털 사이트에서 찾아보십시오.

외국의 반응이 어떻습니까?

외국의 포털 사이트를 찾아보십시오.

차기작은 무엇입니까?

아직 다 쓰지 않아서 말씀드릴 수 없습니다.

화가 난 기자가 물러갔다.

다음 외국 사회자가 물었다.

애록에는 검열이 있었습니까?

(또 그 얘기, 언제 적 얘긴데.)

애록에서 군사 독재 정권이라는 억압이 사라졌는데 억압 없이 어떻게 시가 써집니까?

그렇다면 군사 독재 정권 없던 당신 나라에선 시인들이 시 쓰지 않습니까?

자기네 나라 자랑하려고 하는 얘긴지, 심지어 애록을 업신여기려고 하는 얘긴지.

마지막으로 질문하겠습니다. 글을 쓰지 못하게 하면 뭘 할 것입니까?

않아 옆의 애록의 소설가가 대답했다. 당황한 표정으로.

그래도 읽을 수는 있지 않겠습니까? 나는 읽을 것입니다.

않아의 맘속에서 애록에서 같이 떠나온 그 소설가에 대한 존경심이 솟아올랐다.

엄마들

제 몸의 것을 제가 꺼내 먹는 소처럼
저녁해가 제 몸속 황톳길을 터벅터벅 걸어간다.
심심하면 산등성이 너머로
한 동이씩 똥도 내갈기면서.

큰 소리만 들어도
불은 젖이 쏟아지는 엄마가
나보다 더 젊은 우리 엄마가
초등학생들 가르치고
머릿니를 잡아주세요, 가정통신문 쓰고
달그락달그락 빈 도시락 들고
집으로 돌아오신다.

짐을 너무 많이 짊어진 소는
죽을 수도 없어!
불을 대로 불어터진

젖꼭지가 자갈길에 쓸린다.
외로운 해의 핏방울 방울방울
발굽 밑에 스민다.

저 너머로 해가 지고 나면
어둠을 낳는 엄마들이 소복소복 돌아온다.

마녀형 시인

많아의 이름 앞에는 여류시인이나 여성시인이라는 호칭이 붙는다. 여류시인이나 여성시인이라는 호칭에는 '여성인' 시인이라는 함의만 있는 것이 아니다. 그녀가 사회 통념으로 굳어진, 여자 일반에 대한 정의를 내포한, '여성적인' 언어 구사를 즐겨 한다는 함의가 더크다. 발화된 이 세상 모든 문장을 성별화할 수 있다 하더라도, 여성시인의 시가 여성적인 문장을 따로 구사한다고 말할 수는 없다. 이 시인은 여성이니 여성이라는 위치에서 여성적인 시를 쓴다고 무조건 판단해버릴 수도 없다. 한 시인을 여성시인이라 명명하면 남성시가 표준이 되고, 여성시는 소수, 주변이 되고 만다. 소설가는 이렇게 나누어 명명하는 경우가 적은 편이다. 여성소설가, 혹은 여류소설가라고 부르는 경우는 드물다.

명명은 명맥이 길다. 명명은 정체성의 낙인을 찍는 방편이다. 어느 평론가는 거기서 또 나눈다. 마녀형 여성시인, 무녀형 여성시인, 창녀형 여성시인, 소녀형 여성시인, 모성형 여성시인. 남성시인들은 그렇게 분류되지 않는다. 호스트형 남성시인, 마술사형 남성시인,

박수형 남성시인, 소년형 남성시인, 군인형 남성시인, 부성형 남성시인. 그들 앞에는 형용사나 직업, 기질 형을 붙이지 않는다. 그들은 그냥 시인이다. 않아는 주로 마녀형으로 분류된다. 마녀는 규범에 반대하고, 낙태 시술을 하며, 불륜을 조장하는 여자다. 화형대에서 사라질 수도 있고, 검은 말을 타고 잠적할 수도, 누군가를 유괴해 떠날 수도 있다(찰스 부코스키의 소설에서 마녀는 남편을 십오 센티미터로 줄여버린다. 남편을 성적인 도구로만 여기는 부인에 대한 공포에 찬 우화이리라). 마녀들이 다 화형대에서 억울하게 사라진 줄 알았는데 아직도 계속 태어나고, 자라고, 살아가고 있단 말인가. 분류하는 것은 지배나 통치나 판단의 의도가 있기 때문이다. 심지어 분류 속에도 끼지 못하는 성정체성을 가지고 있는 시인들은 어떠하겠는가.

않아는 시인을 분류하는 것이 아니라 시를 분류하는 것이 오히려 좋을 것이라 생각한다. 시의 이미지 구사법, 리듬 사용법, 화자의 어조, 형식의 발명 등등으로. 이런 환경 때문인지는 몰라도 않아는 점점 더 여성에 대해서 생각하게 된다. '여성성을 통과하지 않은 시인을 어떻게 시인이라 부를 수 있겠는가'라고도 생각하게 된다. 여성을 여성의 언어로 말하는 것은 참으로 어려운 일이다. 여성의 언어가 따로 없으니까. 남성시인들이 쓰는 언어를 그대로 가져다가 요리조리 회를 떠서 사용해야 하니까. 익힌 것을 날것으로 되돌리는 일

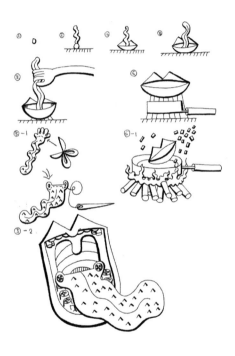

이 어디 쉬운 일이겠는가. 아스퍼거 증후군에 빠진 고양이처럼 반성 없는 모국어 사전을 집어삼키는 일이 어디 쉬운 일이겠는가? 그러기에 여성시인은 늘 새로 시작해야 한다. 자신의 시를 시 장르의 확산에 바쳐야 한다.

예를 들어보면, '그들은 잘 살았습니다. 그들의 가정은 행복했습니다'는 여성적 언어를 삼킨 표현이라고 할 수 있다. 여성의 감정과 처지를 삼킨 표현이다. 여성의 언어는 객관성, 집단성으로 뭉뚱그려버리는 문장 매뉴얼을 따르기 힘들다. 여성에겐 고유의 언어가 없기에 남성의 언어가 마구 지나가게 몸을 내어줄 수밖에 없다. 그러기에 여성이 쓴 시는 내용과 형식이 어긋나기 쉽다. 틀과 결이 어긋나서 이게 뭔 귀신 씻나락 까먹는 소리? 라는 말을 듣기 십상이다. 불쌍한 여성시인들 같으니라고.

여성시의 역사가 짧으니 늘 여성시의 공간은 신대륙이다. 여성시인은 늘 원시인이다. 약삭빠른 남성시인들이 이 신대륙마저 가져간다. 그러면 여성시인은 다시 신대륙을 찾아 원시의 깃발을 휘날리며 떠나야 한다. 그들이 자궁도 유방도 가져갔으니까. 그럼에도 자신의 남성성을 과시하거나 여성을 먹는 것으로 비유하는 남성시인보다 가짜 자궁을 장착한 남성시인들이 훨씬 귀여운 건 사실이다. 않아는 여성시인이란 분류 밖으로 나가 갈매기처럼 끼르르르르르르 소리치며 날고 싶다. 방안에 가만히 생각만 하고 앉아 있으면, 이 시인 언니에게서 여성성 너무 뻗치니까.

점근선

눈을 들어 주변을 살핀 다음 전화를 걸어본다.

앓아가 살아 있니?

앓아가 산 사람이니?

문득

앓아가 이 세상에서 사라졌는데

아직 살아 있는 줄 알고

아침 점심 저녁 반복을 견디고 있는 것 같아서

모든 사람에게 마지막으로 반드시 일어나는 일이 이미 앓아에게

일어났는데도 혹시 앓아만 모르고 있는 게 아닌가 해서

죽었으면서도 산 사람들에게 출몰해 괴롭히는 것 같아서

확실하게 말해달라고

진실을 알려달라고

죽었다면 조용히 사라지는 방법을 모르는 게 아닌가, 어떡하나.

그래도 가만히 물어볼 때가 있다.

않아가 진짜 살아 있다면 왜 이리 똑같은 나날인지
왜 과거는 이다지도 빨리 도착하는지
현재 나누기 영은 왜 이리 재빠르게 답이 나오는지
왜 미래를 밀어내기가 이토록 힘든지
살고 있는 소설의 뒷부분이 궁금하지도 않은지
꼭 누군가에게 물어보고 싶을 때가 있다.

지구는 어느 별의 그림자나 지옥은 아닌지.
중음신中陰身으로 그림자 세상을 떠돌고 있는 건 아닌지.

그러면 남의 집 담장 밖으로 늘어진 장미라도 꾹꾹 씹어서
비누 녹은 물 같은 붉은 죽을 게워보고 싶다.

아, 그런데 지금, 36.5도 몸속에서 나와서 그런지 으슬으슬 떨린다.

강의와 항의

앓아는 아프리카 출생 시인에게 차 우려 마시는 법을 강의한다.
먼저 그릇의 생김새와 색깔에 대해 설명한다.
그리고 그릇을 느껴보라고 한다.
그다음 차를 우려내는 물의 온도에 대해 말한다.
끓는 물이 식는 동안 기다리라고 한다.
그는 가만히 듣다가
앓아의 손과 앓아의 입을 번갈아 바라본다.
앓아는 차의 향과 빛을 즐기라고 한다.
앓아가 강의를 다 마치고 그에게 차 한 잔을 건넨다.
그가 아주 큰 손으로 그의 한쪽 눈보다 작은 잔을 들어 마시고 나서 앓아에게 말한다.
이런 시간이 자신과 자신의 가족, 친구들에겐 없다고.
이런 여유가 없다고.
이런 빛, 이런 향기는 쉬는 시간에 하는 거라고.
만약 이런 시간이 자기들 문화 속에 있었다면 전쟁 따윈 없었을 거라고.

않아에게 애록 사람은 시간이 많냐고 묻는다.

그리고 이런 차는 전쟁이 끝났을 때 마시는 거라고 한다.

다시는 안 마시겠다는 얘기다.

모음들

이이이이이
뇌하수체와 송과선, 뇌수를 울린다.
에에에에에
이비인후와 갑상선을 울린다.
아아아아아
폐를 울린다.
요요요요요
가슴 가운데를 울린다.
오오오오오
간과 위장을 울린다.
외외외외외
횡격막을 울린다.
위위위위위
콩팥을 울린다.
우우우우우
항문과 생식기를 울린다.

음옴옴옴옴
심장을 울린다.

모음들은 몸의 풍선들과 연결되어 있다.

않아는 당신이 입을 벌려 말하고 있을 때 당신의 해골과 내장 어디가 울리는지를 가늠해보는 못된 버릇이 있다.

않아는 당신 몸의 장기들이 오케스트라처럼 어우러지는 소리를 듣는다.

당신의 머리와 몸통 속에서 악기들이 울린다. 당신의 성대가 그것들의 소리를 사방에서 당겨 올린다. 누가 당신에게 이토록 아름다운 화음을 내뱉도록 유혹하는가.

그 울음소리를 들은 당신 구강의 자음들이 화답하여 울어준다.

파도가 몰려오고, 달이 멀어진다.

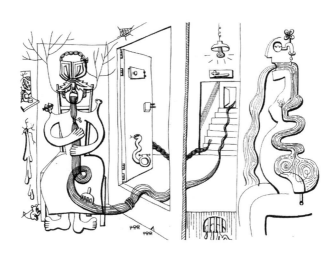

그 여자의 부엌

아무도 먹으러 오지 않는 부엌이 있습니다.

혹시 누가 오려나 하고 정릉 뒷산을 세 시간 걷다 와도

수영장을 몇 번 왕복하고 와도

사우나에 가서 땀을 한 바가지 흘리고 와도

고인 물처럼 조용히 썩어가는 부엌이 있습니다.

냄비에 불이 닿지도 않고 컵에 입술이 닿지도 않고

바닥에 발자국이 남지도 않고

엎어진 컵이 바로 세워지지도 않는 부엌이 있습니다.

식사하세요 말하는 것도 잊어버린 부엌여자가 지키는 부엌.

거름망에 먼지가 소복하고

매일매일 설거지하고 앞치마에 손을 닦아보지도 못한

빈 컵에 물을 붓듯이 목소리를 끌어올려

혼자 노래를 불러보면 거품만 뽀글거리며 올라오는

어항처럼 조용한 부엌.

그릇에 감자 같은 덩어리를 넣어본 적도 없지만

냉장고의 상한 야채를 매일 버리고 다시 채우고

부엌여자조차 그곳에서 밥을 먹지 않습니다.

그래도 찬장 문을 열어야 할까요? 하늘에는 구름도 떠가고 비행기도 떠 있고

자유롭게 날아올라라 동사도 부사 뒤에다가 붙일 줄 알지만

문을 열어놓고도 누가 올까봐 두려워

마음껏 드세요! 할말도 없이

접시를 들어 얼굴을 비춰보는 나날.

하얀 냅킨으로 생선도 만들고 과일도 조각하고 식사하는 사람도 만들어보는 여자.

집에만 들어오면 죽은 쥐새끼처럼 까만 쥐똥만 싸는 여자.

매일 식탁을 닦고 꽃을 사오기도 하지만

권태가 시오리는 뻗쳐나가 길들이 다 돌아누운 것 같은

컵에 담가놓은 양파는 무섭게 자라고

밤바다 싱크대 밑에서 해초는 너울거리지만

당신만을 위해 끓어볼게요, 라는 말을 생각하고 혼자 웃어보는

비 오는 소리를 내며 튀겨지는 기름 냄비에서 파닥거리는 생선을 상상하다가

생선바구니를 들고 생선신발을 신고 길바닥에 미끄러져

비 오는 거리에 다 방생해버린 그런 여자가 있습니다.

작가 지망생들 앞에서조차

우리는 브랜드가 되어야 합니다.
높은 강대상에 두 팔을 올린 선생님이 말했다.
브랜드 마케팅을 지금부터 시작해야 합니다.
선생님은 말했다.

브랜드가 되면 여러분의 이름이 지하철에 걸립니다.
버스 옆구리에 붙습니다.

국가도 브랜드.
작가도 브랜드.
심지어 강아지도 브랜드입니다.

최고의 국가 브랜드를 만든 이는 누군지 아십니까?
생각해보십시오.

여러분들 앞에는 브랜드 망령에 시달리고 싶어 안달이 난 지구인들이 가득 기다리고 있습니다.

어떻게든 브랜드가 됩시다.

높이 올라선 선생님은 땀을 닦았다.

브랜드에 현혹되지 말라고 말하는 브랜드 중에

최고 브랜드가 누군지 아십니까?

그는 외쳤다.

작가 지망생들을 앞에 놓고, 그는 센티멘털형 브랜드, 청순가련형
브랜드, 섹시형 브랜드, 난봉꾼형 브랜드, 이그조틱형 브랜드, 다변
형 브랜드, 순진형 브랜드, 팜므파탈형 브랜드가 되라고 예를 들어
가며 역설했다.

우리는 언제 이 연습을 끝내게 되나요?

윗집에서 피아노를 친다.

우리나라 사람들이 피아노를 처음 치기 시작할 때 치는 그 연습곡이다. 아침 일찍부터 자정까지.

피아노로 세상을 구하겠다는 의지가 있지 않고서는 저토록 연습에 필사적일 수가 없다.

앓아는 하루종일 방안에 스스로를 가둔 한 소녀를 생각한다. 그소녀의 의지를 생각한다.

학교도 가지 않고, 밥도 먹지 않고, 화장실도 가지 않고 피아노 연습을 한다. 틀리면 그 구간을 반복한다. 어떤 마에스트로도 저 과정을 거쳤으리. 저 서투른 강박을 뚫지 않고서는 누구도 경지에 이를수 없으리. 저 강박의 파도를 넘지 않고서는 누구도 자연스러운 연주의 자유를 구가할 수 없으리. 앓아는 피아노 소리를 듣는 와중에 그 소녀가 늘 틀리게 치는 곳에 도달해 또 틀릴까봐 가슴을 졸인다. 연습곡이 그 부근에 도달하면 앓아의 심장이 울린다. 손끝이 울린다. 고갯짓 틱장애가 생긴다. 그러나 윗집의 소녀는 그 부근에서 또틀린다.

보다못한 않아의 룸메이트가 제발 피아노 밑에 방음 패드를 깔아 주세요, 부탁을 한다.

며칠이 지나자 이불에 싸인 소리처럼 둔탁한 피아노 소리가 들린다.

그러자 않아는 더 귀를 기울여 그 소리를 듣게 된다. 쾅쾅 울리던 소리보다 그 소리가 더 신경을 당긴다. 고갯짓 틱장애가 더 빈발한다.

층간 소음 규정집에 나오는 시간만큼만 피아노를 치세요.

이번엔 아침 아홉시부터 저녁 아홉시까지만 피아노 소리가 들린다.

않아는 다시 그 소녀를 상상한다. 어쩌면 세상 사람들이 못생겼다고 생각할 소녀. 학교에서 왕따를 당한 소녀. 매 맞는 소녀. 우는 소녀. 머리채가 풀어진 소녀. 소녀의 유일한 친구인 피아노 연습곡. 학교를 가지 않는 소녀.

않아는 잠자리에 누워서 운다. 않아의 기억의 보따리가 풀어지는 늦은 밤이 와도 보따리 안에는 않아의 기억 대신에 그 어설프고 단조로운 연습곡이 들어 있다. 않아의 뇌는 과거로, 미래로 갈 수 없다. 오직 그 피아노 소리와 피아노 소리에 이은 기억 장애뿐. 지난 시절을 감싸안은 환한 테두리가 깨져버린 것 같다. 시간의 잔잔한 물결이 흔들려버린 것 같다. 않아의 시간들이 그 연습곡들로 바뀐다. 이제 않아는 기억이 없는 사람이 된 것 같다. 허공을 때리는 그 어설픈 손가락들의 느린 타격이 있을 뿐.

그 유명한 연습곡의 연습. 아침 첫 소리가 동동동 들리기 시작하면 일단 구토가 밀려온다. 머리가 아파온다. 소리 고문은 집 안팎을 가리지 않는다. 집을 나서도 그 소리가 들린다. 소리가 멈추는 밤이 오면 환청이 들린다. 어느 순간도 잔잔하게 흘러가지 않는다. 소리가 멈추면 불안해진다. 소리가 몸에 이식된 것 같다. 나중엔 강의 중에 앓아의 손가락이 그 음계들을 따라 치기까지 한다. 앓아는 집을 피한다. 집이 싫어진다. 집에 있는 물건들이 낯설어진다. 책상 위의 물건들이 남의 물건같이 느껴진다. 바깥을 맴돈다. 집에 들어오면 유명 피아니스트의 피아노곡을 차례로 듣는다. 그러나 그 음악을 중단하면 뇌리에 가득 들끓는 연습곡. 연습곡을 이길 피아노곡은 없다. 이를테면 에릭 사티의 〈짐노페디〉는 천둥 번개와 뇌성벽력 앞의 예민한 수증기일 뿐. 하루종일 텔레비전을 보기로 한다. 아이돌 가수들의 이름을 다 외우기로 목표를 정한다. 그들의 인명사전을 알차게 채우고, 유닛 활동의 그래프를 만들기로 한다. 앓아는 이 시대의 소녀들처럼 기억의 바구니 안에 기억 대신 아이돌의 음악과 춤으로 채우려고 노력한다.

그러다 어느 날 정오, 참지 못하고 윗집의 초인종을 누른다. 대문 앞까지 들려오는 그 연습곡. 초인종 소리가 나자 피아노 소리가 멈추고, 의자를 미는 소리, 다음엔 슬리퍼 끄는 소리. 문이 열리자 나타나는 얼굴. 신경쇠약 직전의 나이든 여성의 얼굴.

않아는 한밤중 누워서 생각한다. 윗집과 아랫집의 신경쇠약 직전의 여자들의 옅은 잠, 그 잠을 때리는 연습곡.

이 휘황한 가설무대에서

신도시의 역 주변 광장에 간다.

6·25전쟁을 겪어서 그런지 애록은 어딜 가나 가설무대처럼 생겼다.

그러나 이곳은 제일 심한 편에 속한다.

일단 이곳의 시멘트 건물들은 직육면체의 사면을 현란한 네온사인
이 감싸고 있다. 빈틈은 없다. 직육면체 건물에 입주한 상점, 그 누구
도 물러서지 않는다. 될 수 있으면 큰 간판, 더 밝은 간판을 매단다.
그리하여 찾고자 하는 상점의 간판을 찾지 못하게 만들어버린다.

건물들의 일층엔 화장품, 옷, 신발, 휴대폰 가게, 커피 체인점들이
성업중이다.

애록의 모든 브랜드가 문을 열고 있다.

다음 이, 삼, 사층엔 각종 식당, 병원, 카페 들이 점령하고 있다.

그리고 오층은 거의 모텔이다.

그리고 지하는 노래방, 가라오케로 뒤덮여 있다.

집에 들어가지 않아도 순서대로 축제를 즐길 수 있는 장소가 삼백
육십오 일 구비되어 있다.

이 도시의 돈은 생필품을 제외하고 모두 이곳에서 소비되는 모양

이다.

횡단보도를 건너는 인파는 이곳이 삼백육십오 일 축제중임을 증명한다.

대부분의 식당, 카페는 이십사 시간 영업을 한다.

이런 직육면체의 거대한 입방체 건물들이 수십 개 늘어서 있는데 더욱 놀라운 것은 이 가설무대를 오가는 이들은 거의 삼십대 이하의 사람들이라는 것. 이들은 세상에 존재하게 된 희열을 이렇게 소비하는 것으로 구가하는 걸까. 휘황한 불 꺼지고 햇볕 들어오면 뗏국물 줄줄 흐르는 레스토랑의 의자 같은 몰골을 한 이 거리에서.

이곳엔 고요가 없다. 이곳엔 어둠이 없다. 이곳엔 고결한 정신 활동이 없다. 이곳엔 역사가 없다. 태양이 여러 개 떠오르는 행성처럼 낮에도 밤에도 불이 꺼지지 않는다. 집집마다 틀어놓은 노래 때문에 동서양의 유행가를 수십 개 섞은 정체불명의 소음이 물결쳐온다. 건물들은 오랜 불면으로 피곤해 보인다. 이곳을 거쳐갔거나, 이곳에 뿌리를 박았던 사람의 흔적은 아침에 발견되는 휴지 조각이나 토사물 흔적으로나 남을 뿐. 떠나면 그뿐, 사라지면 그뿐.

나무 한 그루, 책 한 권 없는 거리에서 시간을 소비하고, 공간을 소비하고, '나'를 소비한다. 결국 시간을 탕진한다. 그리하여 이 거리엔 사색이 없다.

누구나 '내'가 '내'가 될 시간도 없이 이 거리를 떠난다.

상점도 자주 떠나고, 건물도 자주 옷을 갈아입는다. 이때 문을 닫은 상점과 연관된 한 가족의 생계가 막연해진다. 그 자리에 다시 더 휘황한 상점과 건물로 또다른 가설무대를 완성한다.

나일론과 플라스틱과 화학적 합성으로 만들어진 수많은 장난감들, 장난감들 사이에서.

아무도 안착할 수 없는 거리에서. 끝없이 목마른 거리에서. 이런 것이 유사 이래 가장 부유하다는 애록 문명이 이룩한 최고 정점의 광경인가?

어느 날, 이 가설무대의 도시에 애록에서 제일 처참한 비보가 휘몰아쳐왔다. 그리고 이 가설무대의 건물과 건물 사이, 전봇대와 전봇대 사이, 죽음을 애도하는 플래카드들이 선거를 향한 정치가들의 이름과 함께 펄럭였다.

시의 비

　런던의 주빌리 가든에 헬리콥터가 날았다. 저녁 무렵부터 많은 사람들이 헬리콥터를 기다리고 있었다. 칠레 사람이 기획하고 독일, 영국 사람이 만든, 특허를 받은 퍼포먼스라 했다. 그 이름 '시의 비'. 해가 지기 시작하는 밤 아홉시 반쯤 헬리콥터가 흐린 하늘에 점처럼 나타났다. 그리고 시를 뿌리기 시작했다. 씨가 아니라 시를. 세계의 모든 나라에서 모여든 시인들의 시를 영어로 번역해 이십만 장의 두꺼운 재생용지 카드에 인쇄해서 뿌린다고 했다. 수백 명의 사람들이 두 손을 쳐들고 네모난 눈처럼 내려오는 시를 받으려고 뛰어다녔다. 몇 장씩 받아서 주머니에 넣고, 가방에 넣었다. 웃고, 소리쳤다. 어떤 시들은 주빌리 가든을 떠나 멀리 날아갔고, 템스강에 떨어졌고, 유람선 위에 떨어졌으며, 주변 건물들의 지붕에 떨어졌고, 시계탑 쪽으로 날아갔다. 않아는 행동이 굼떠서 한 장도 못 주웠다. 그런데 어떤 남자가 한 편의 시를 주워서 않아에게 건네주면서 말했다. 자신의 모국에서 온 시인의 시라고. 시가 얼마나 좋은지 느껴보라고. 헬리콥터가 떠나고 어두워진 거리를 걸어가는데 지붕에 떨어졌던 시들이 다시 날렸다. 이미 몇십 분 지난 후인데 이곳에선 이제서야 사람들이 두 손을 쳐들고 공중에서 내려오는 것들을 쫓아다니고 있었다. 그리고 무슨 일이냐고, 왜 이러는 거냐고 앓아에게 묻는 사람도 있었다. 시를 받지 못해 안타까워서 시무룩해진 여성에게 앓아가 받은 시를 건네주었다. 그녀가 큰 소리로 거리에서 시를 읽었다. 애록의 서울 하늘에 헬리콥터가 날고, 그 헬리콥터가 전 세계 시인들의 영묘한 시를 애록 말로 번역해 뿌려주는 놀라운 광경을 상상해보았다. 애록 사람들이 하늘에서 내려오는 시를 받으려 두 손을 쳐들고 뛰어다니는 축제의 광경을.

사랑하는 두 행성처럼

멀리 있는 것은 아름답다.

선망하지 않아도 아름답다.

높은 산 위의 노승과 동자승처럼.

멀리 있는 것이 아니라 멀리 볼 줄 아는 네가 아름답다고 해야 할지도 모르겠다.

해질녘 저멀리 산 위에 서 있는 두 사람의 검푸른 실루엣, 다투고 있는지도 모르지만 멀리 보므로 아름답다.

눈을 가까이 대고 봐서 아름다운 것은 별로 없다.

오목거울을 대고 보면 모공에 사는 미생물을 일별했을 때처럼 징그러울 때가 많다.

가까이 있는 것이 아름다울 때가 있는데, 그때는 물론 사랑할 때다.

사랑이 번지고 있을 때다. 아직 너라는 텍스트를 다 읽어내지 못했을 때다.

사랑은 아마도 가까이 있는 것을 멀리 있는 것처럼 보는 것인가보다.

너와 나를 행성처럼 멀리 떨어뜨리는 건가보다.

멀리 두고 바라보게 하는 바이러스에 감염되는 것인가보다.

멀리 본다는 것은 어쩌면 '나'의 '죽음'이라는 '나의 소멸'을 전제로 하는 것인지도 모르겠다.

사랑은 너에게 가서 '내'가 죽어주겠다고 안달하는 것인지도 모르겠다.

사랑은 멀리 있어서 당연히 파멸하는 것.

머나먼 것이 번져올 때, 아름답다.

머나먼 곳에 봄이 정박하고 있다는 것을 생각하는 겨울밤처럼 향기롭다.

멀리 있는 것은 작다. 작아서 안타까운 것. 심지어 보이지 않는 것. 그래서 아름다운 것. 가까이 있으면서 먼 것. 시끄러우면서 조용한 것. 다정하면서 매몰찬 것. 사랑의 원근법.

시 창작 워크숍

시쓰기를 가르칠 수 있는가라는 질문을 많이 받는다.

그러면 않아는 대답한다.

가르친다기보다 더불어 생각할 수 있는 것과 혼자 생각해봐야 할 것이 있는 것 아닐까요, 그래서 않아는 더불어 생각해봐야 할 것을 서로서로 나눕니다, 라고 대답한다.

또 갑자기 정색하고 '시란 무엇입니까' 하는 질문을 받는 경우도 있다.

(그러나 이런 질문에 대한 대답이 시를 철학적 전개에 종속시키는 것이라 여겨지는 경우, 이 질문 자체의 불가능성을 거론할 수 있겠다.)

그러면 않아는 시란 무엇인가에 대한 대답은 오백 가지가 있고, 그 오백 가지를 시간과 장소, 기분, 듣는 사람, 날씨 등등의 경우의 수에 적용한 만큼 대답이 많이 있을 수 있습니다, 라고 대답한다.

시란 무엇인가에 대한 대답이 교과서적이거나 보편적인 정의로 규정할 수 있는 것이 아니라면, 시 한 편 한 편에 따라 다른 대답이 나올 수 있다. 어떤 대답도 맞고, 또 모두 틀린 것이 시에 대한 정의다. 시에는 어떤 진리도 통용되고, 또 어떤 진리도 통용될 수 없다.

이럴 때 시는 가르치고 배울 수 없는 것이 된다.

그러나 세상에 나온 시만큼, 세상에 나올 시 그만큼 시란 무엇인가에 대한 대답이 있을 수 있다. 시에 대한 정의는 끊임없이 개별적으로 내려지지만, 영원히 시라는 원대한 공화국을 벗어날 수 없는, 옥시모론으로만 대답해야 하는 것인지도 모르겠다.

마치 우리 각자가 다른 사주를 갖고 태어나 그 탄생 연월일시의 우주를 간직하고 살아나가듯이, 태어난 시각에 시작된 우주의 운행을 자신의 운명이라 여기듯이, 시 비평 혹은 시 수업은 각각의 시에 다르게 적용되는 우주 혹은 쓴 사람의 실존을 나눈다.

그래서 어젠 시는 영감의 소산이라고 했다가 오늘은 영감이란 게 도대체 무엇이기에 어디에 숨어 있다가 온다는 말이냐, 라고 질문을 되돌려버릴 수도 있다.

그리하여 시는 가르치고 배우는 것이라기보다 매시간 다른 시를 앞에 놓고 매번 다른 정의를 내려보는 거다. 시 한 편 한 편의 체험적 단독성, 개별성을 널리 선포해보는 거다. 그리하여 매번 광대한 시적 고독에 이르는 거다.

불안 우주 무한 가속기

앓아가 앓아만의 우주를 만드는 방법은 아주 쉽습니다.

앓아가 왜 불안할까 스스로 물어보기도 전에 심장 속에 전기 별들이 반짝이는 우주가 등장합니다.

난파한 우주선에서 바라보는 오징어잡이배처럼 전기 별들이 반짝입니다.

지구가 우주에 떠 있는 별이라는 걸 몸으로 체득한 것처럼 발아래가 간지럽습니다. 앓아가 왜 불안할까라는 질문은 왜 우주가 존재해야만 하는가만큼 대답 없는 질문입니다.

그야말로 불안은 우리 안팎의 우주처럼 선택할 수 없는 조건입니다. 불안은 영혼을 잠식하는 것이 아니라 심장을 숙주로 반짝이는 전기가 쉴새없이 터지는 겁니다. 전 지구로 전깃불이 우르르우르르 켜져가는 겁니다.

그러기에 불안은 모든 감정의 기본이 되는 지평입니다.

우리 안에는 우리가 알지 못하는 풍경이 있습니다.

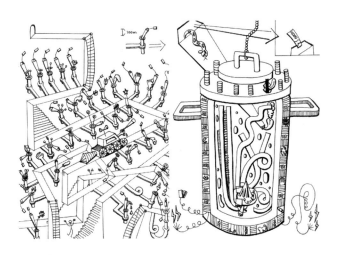

우리의 과거가 된, 과거가 됨으로써 가볍게 부유하거나 검게 가라앉는 것이 된, 시간의 심연 위에 흐릿하게, 그러나 실재하는 풍경. 뼈아픈 고통이 그린 풍경. 않아의 감정과 사유로 뒤범벅된 혼돈.

우리가 지나온 별들의 아우성이 우리 안에 그득합니다.
우리가 건너온 고통의 그림자도 우글우글합니다.
그들이 해독할 수 없는 비명으로 울부짖고 있습니다.
이글이글 타오르고 꽝꽝 얼어붙어 있습니다.
바닥 없는 공중에 뜬 별들이 광기와 권태로 회오리칩니다.
않아의 바닥 없는 바닥에서 않아의 지금이 불안의 부유물처럼 떠오릅니다.

불안을 무한 가속기에 넣고 시작 단추를 누르면 않아의 내부에서부터 감정의 행성이 팽창합니다. 그러면 않아의 책상, 않아의 책, 않아의 몸이 회오리 속으로 소용돌이쳐 들어갑니다.
꿈에서 사건이 벌어질 때처럼 어떤 의지도 없이 현기증으로 위태로운 우주가 팽창합니다.
무한창공, 광대무변, 팽창하는 우주. 불안 별들이 반짝이며 켜집니다.

신의 불안과 않아의 불안이 조우합니다.

요리 동사

다음 애록어 요리 동사를 날씨를 요리하는 동사, 마음을 요리하는 동사, 머리카락을 요리하는 동사, 사람을 요리하는 동사, 말을 요리하는 동사로 나누어 서로 연결해보세요.

말	굽다
	삶다
	데치다
날씨	볶다
	지지다
마음속	끓이다
	졸이다
머리카락	데우다
	타다
사람	(얼)버무리다
	찌다

시는 한 그루 나무

한 편의 시는 한 그루 나무와 같다.

시에는 한 개의 굵은 통뼈가 있고 한 개의 보이지 않는 뿌리가 있다.

통뼈가 두 개인 나무는 없는 것처럼 시 한 편은 한 개의 통뼈에서 뻗어나간 가지들로 구성된다.

그리고 그 가지들에 붙은 무수한 이파리들이 나무의 결을 이룬다.

그 한 그루 나무는 땅에 몇백 년 붙박인 채 아무것도 안 본 체한다.

다 보고도 모른 체한다.

세상의 모든 나무를 설파하라 설파하라 강요받을 때에도 시는 한 그루 나무만 말한다.

그렇다고 그 나무의 전 생애를 말하는 것이 아니라 그 나무의 한 순간을 말한다.

시는 나무 한 그루의 한순간에 세상의 모든 '나무'를 잡았다 놓는다.

시는 세상을 한 그루의 나무처럼 고립시킨다.

물론 그 순간 세상에는 그 나무 한 그루만 살아 있는 것 같다.

지하의 고독

지하철의 녹음 방송 시스템이 망가졌나보다.
기관사의 목소리가 객차마다 울려퍼졌다.

다음 역은 동작역입니다.
내리실 문은 왼쪽입니다.
출입문 닫습니다.

기관사는 역마다 다른 리듬으로, 마치 혀로 스텝을 밟듯이 방송을
했다.
안내 방송을 들은 승객들이 '피식' 하고 웃었다.

그다음 역에서 그는 또다른 리듬으로 '출입문 닫습니다' 했다.
승객들은 귀를 모아 기다렸다. 또 어떤 어조로 '출입문 닫습니다'
가 울려퍼질지.
그 일곱 음절의 억양과 빠르기와 박자와 발음에 실린 감정이 무한
수열로 분열하며 객실을 울렸다.

그가 '출입문 닫습니다' 할 때마다 기나긴 지하 회랑 속 그의 고독이 승객들에게 사무치게 전해졌다. 승객들은 각자의 역을 찾아 곧 하차하지만 그는 얼마 후 다시 이곳을 지나가리라.

그러니 우리는 '피식' 웃어줄 수밖에.

지하철 기관사 옆에 장착된 카메라를 본 적이 있다.

지하철노조가 쟁의를 벌이던 때였다.

기차 열 량을 끌고 어둠 속을 가는 기관사에게 '다음 역'은 빛의 세상이었다.

그의 인생은 하루에 수백 번 깜깜해졌다 밝아졌다를 반복했다.

환시를 보는 자의 뇌처럼 나타났다 사라지기를 반복하는 플랫폼들. 수백 명을 싣고 끊임없이 돌고 도는 동굴의 시간.

그러다 지상으로 올라갈 땐 마치 죽은 사람이 들어가는 환한 터널에 들어가는 것처럼 일시적인 화이트아웃이 있었다.

그렇게 그들은 몇십 년을 같은 자리에 앉아 밝은 역 한 번, 어두운 터널 한 번을 반복한다.

그들은 우리의 밤낮을 하루에 수십수백 번 반복한다.

그리고 쉬는 날엔 마트에 가거나 텔레비전 리모컨을 움켜쥐거나 하겠지.

저녁의 한때, 출입문이 자꾸만 닫혔다.
닫힐 때마다 다른 안내 방송이 있었다.

실비아와 브라운 부인의 빵

　영화 〈실비아〉에서 실비아는 빵을 굽는다. 테드는 산책에서 돌아와 시를 쓰고, 또 쓰지만 실비아는 식탁 가득 빵을 올려놓는다. 아무래도 실비아는 집의 바깥에서, 바다와 자연에서 단어를 훔치는 남편을 조금 불경스럽게 보는 것 같다. 실비아는 테드에 대한 증오와 탄성이라는 이중의 감정에 시달리는 것 같다. 테드는 실비아에게 시를 쓰지 않고, 빵만 굽고 있느냐며 나무라지만 그녀는 경치 좋은 바닷가 외딴집 부엌에서 줄기차게 빵을 굽는다. 은빛으로 장엄하게 쪼개지는 바다의 시와 팔뚝의 힘으로 밀가루를 반죽해 구운 빵. 시와 빵. 시와 바다, 그의 곁에서 빵들은 초라하고 비루해 보인다. 마치 대자연 곁의 일상처럼. 테드는 자연 속에서 훔쳐오지만 실비아는 내면의 눈을 뜨고 훔쳐오니 그렇게 보일 수밖에 없지 않은가. 테드와 실비아의 시도 이렇게 대조해볼 수 있을 것 같다.

　실비아 플라스의 시 「레스보스섬」에서, 아이들을 낳은 시 속의 화자는 부엌에 있다. 고양이와 아기들의 똥이 악취를 풍기고, 새끼고양이는 토하고, 남편은 자신의 족쇄를 껴안고 뒹굴고, 갓난아기는 울부짖고, 실비아의 신경은 찢어진다. 실비아는 시를 통해 분노에

찬 비명을 지르지만 당시에 그 목소리를 들은 사람이 몇 명이나 되었을까.

실비아가 자살한 그 몇 년 후, 실비아 생전부터 테드의 애인이었던, 홀로코스트에서도 살아남은 애시어 웨빌은 왜 실비아와 똑같은 방법으로 자살했을까. 그것도 자신의 아이와 함께. 그녀들은 왜 부엌에서 죽었을까. 테드는 왜 오랜 세월이 지난 후 그녀에게 '실비아를 파괴한 어두운 힘'이라고 질타하며 책임을 전가했을까. 테드는 무엇은 깨닫고, 무엇은 죽도록 몰랐을까.

〈디 아워스〉에서 브라운 부인이 아들과 함께 남편의 생일을 준비한다. 밀가루를 흩뿌리며 초콜릿케이크를 굽는다. 케이크를 다 만든 그녀는 완성된 그것을 쓰레기통에 던져버리고 혼자 호텔에 투숙한다. 호텔방의 너른 침대에 동그마니 앉아 『댈러웨이 부인』을 읽는다. 남의 혀 위에 놓일 그것들을 만드는 부엌의 노동, 한번 빠지면 헤어나오기 힘든 늪에서의 반복되는 동작들, 매일매일 반복되는 무정형의 노동, 그렇게 부엌에서 흘러가는 시간들의 총아이며 상징인 케이크, 탄성과 칭찬으로 보상받는 것처럼 꾸며진 거짓 의례. 케이크를 굽는 행위 이면에 깃든 얻어먹고 있다는 느낌을 지울 수 없게 하는 가정이라는 구조(알겠는가? 부엌 밖의 사람들이여!). 그리하여 어머니의 내적 파열은 자식에게 전염된다. 나중에 브라운 부인의 아들은 자살하고 만다.

부엌에서 만들어진 것들을 매일매일 깔끔한 식탁에 나란히 올리는 광경, 그것을 먹는 광경 왠지 서글프다.

소설가 지망생

소설가 지망생이 않아에게 와서 말한다.

저는 꼭 유명한 소설가가 되겠습니다.

않아가 물어본다.

롤 모델이라도 있니?

학생이 대답한다.

그런 작가는 없습니다만 여러 소설가를 합친 롤 모델은 있습니다.

아침에 일어나 노동자처럼 소설을 쓰겠습니다.

커피를 마시면서 소설을 시작하겠습니다.

그래 어떤 소설을 쓰고 싶니?

않아가 다시 묻는다.

그건 아직, 그렇지만 소설을 쓰느라 앉아 있는 제 등이 보입니다.

출판사에서 발간된 소설도 보입니다.

저는 꼭 작가가 되겠습니다.

그러렴, 않아가 대답한다.

그렇지만 않아는 생각한다.

설혹 소설을 썼다 해도 번번이 출판사에서 퇴짜를 맞는다.

그러다 소설 한 편에 인생을 탕진한 것 같아 이제 그만 아르바이트라도 아니면 기술이라도 배울까 하는데 한 잡지사에서 연락이 온다.

　　그러나 그것으로 끝.

　　어디에서도 청탁이 오지 않는다. 끝없이 잡지사에 투고를 한다.

　　그렇게 발표하기를 몇 편.

　　드디어 출판사에서 책이 나온다.

　　스스로 불만족스러워 책을 다 수거하고 싶지만 참는다.

　　그러나 혹평은커녕 한 줄 비평도 실리지 않는다.

　　그리고 또다시 정신이상과 고독과 반복되는 비굴.

　　않아는 묻는다.

　　끝없는 공허와 메아리 없이 돌아오는 자신의 목소리와 마주하는 공포, 그런 소설가의 길을 알고 있니?

　　정말 그 길로 갈 거니?

정어리와 청둥오리의 이름

졸업생이 나가고 나면 신입생이 들어온다. 선생의 일생은 이 회로를 따라 움직인다. 졸업생이 학교에서 나가고 나면 맨 먼저 그 이름과 얼굴의 간격이 멀어진다. 얼굴을 보고는 대번에 '나의 졸업생이군' 깨달을 수 있지만 이름은 한참 만에 오거나, 영영 돌아오지 않는다. 그렇지만 대부분 얼굴은 멀어지지 않는다. 얼굴의 인상은 뇌리의 어디엔가 남아 있다가 얼굴을 대면한 순간 폭발하듯 그/그녀의 기억이 몰아쳐온다. 그러나 영원히 잊히지 않는 얼굴과 이름도 있다. 글을 잘 써서도 아니고, 나쁜 짓을 해서도 아니고, 기억에 남을 만한 에피소드를 나눈 것도 아닌데 영원히 잊히지 않는 얼굴과 이름이 있다. 꿈속에 출몰하는 경우도 있다. 그/그녀가 그렇게 깨끗하게 기억에 남은 이유는 아무리 생각해보아도 알 수 없다.

기억이 사라져가는 순서는 다음과 같다.
먼저 얼굴에서 이름이 떨어진다.
그 자리를 인칭대명사가 차지한다.
이름과 사람이 달라붙어서 발음되기 위해서는 참으로 기나긴 우회로를 거쳐야 한다.

졸업생의 이름을 알기 위해 괜히 부산까지 기차 타고 갔다 와야 할지도 모르겠다.

그다음, 이름과 사물이 떨어진다.

그 자리를 동사의 명사형이 차지한다.

이를테면 숟가락은 '국을 먹을 때 국그릇에서 입으로 가져가는 것'이라고 해야 한다.

그다음 형용사가 사라진다.

형용사로 표현되는 세계가 있다는 것을 잊는다.

다만 자신의 슬픔과 공포, 고통의 아지랑이 같은 것에만 침잠한다.

형체 없는 뿌연 덩어리가 인칭대명사와 보통명사가 사라진 사람 앞에 남게 된다.

명사로 지칭되던 사물이 경계 없는 무한으로 확장된다.

어떤 품사도 필요 없는, 진주가 되기 전 작은 돌멩이를 둘러싼 초라한 정적처럼 뿌연 정적이 남게 된다.

물속에서 커다란 공 모양으로 헤엄치는 정어리떼 중 한 마리가, 저수지에서 날아올랐다가 내려앉는 청둥오리떼 중 한 마리가 그 덩어리 속에서 개별적인 감각을 인지하고, 개별적인 움직임을 지각하면서 슬픔과 기쁨을 느끼는 광경은 왠지 서글프다. 그 속에서 사물로서의 개별성마저 인지하고 있다면 더 서글퍼진다. 그러나 이 개별성에서 형태와 본질을 구별하는 능력이 생겨나고, 부분의 가치를 인정하는 통사적 능력이 생겨날 거다.

이것을 다시 거꾸로 놓으면 망각의 지형도가 그려진다. 망각의 그을음이 사람과 사물에게서 이름을 빼앗고, 테두리를 빼앗고, 막연한 흔적만 남기는 순서. 인간이 자연으로 돌아가는 순서. 인간이 자연의 운행에 잠기는 순서.

그리하여 망각하기는 사물에서 에너지로 가는 순서.

이를테면 장미가 핀다. 하지만 핀다 핀다 핀다만 맴돈다. 꽃의 이름이 어딘가에 있을 것 같아 사전을 뒤져야 할 것만 같고, 누군가에게 전화를 걸어 물어봐야 할 것만 같다. 어둠 속에 장미 한 송이 피어 있지만, 입술 밖으로 끌어낼 수가 없다. 그러다 돌연 눈앞에, 햇살 속에 장미가 핀다, 환하게. 그러면 '장미가 핀다'라고 세상에 태어나 첫 말을 하듯 크게 말해본다. 마치 한 편의 시를 발설하는 것처럼. 첫 명명을 하는 것처럼. 그럼에도 이 우주에는, 이 우주 밖에는 우리의 고통처럼 명명받지 않은, 통사적 가치를 부여받지 못한 가시적, 비가시적인 것들이 우글우글하다. 헤엄치는 정어리 덩어리 속의 예쁜 정어리 한 마리처럼.

스스로 임명한 만물의 척도

신입생이 묻는다.

도대체 무슨 말인지 모르겠는데, 선생님은 왜 귀신 씻나락 까먹는 소리를 하는 작품을 좋은 작품이라고 하는지 모르겠어요. 정말 이해하시는 거예요?

신입생은 화가 나 있다.

벤야민은 "세련되지 못한 대중은 정신적 삶에 대한 광적인 증오에 사로잡혀 있다"고 말했다. 그는 이어서 "그들은 열을 이루어 연속적인 집중포화 속으로, 그리고 백화점으로 돌진해가듯이" 행진해간다고 비웃었다. 그는 또 말했다. "씌어져 있지 않은 것을 읽는 것이 진정한 독서다."

이렇게 화가 나 있는 사람은 도처에 있다. 그들은 스스로 임명한 만물의 척도다.

그들은 느끼려 하지도, 이해하려 하지도 않고 일단 감정을 앞세운다.

특히 난해한 미술이나 음악엔 관대하지만, 난해한 문학엔 화를 낸다. 누가 이해할 수 있단 말입니까?

그 작품은 아마 이해를 원치 않았는지도 모른다. 다만 느껴보라고 했는지도 모른다. 다만 그저 바라보기만 해달라고 했는지도 모른다.

그에 반해 그들은 언어가 단지 정보 전달이나 친교에만 집중되어야 한다고 믿고 있는지도 모르겠다. 그래서 언어로 이미지를 그려내거나 소리의 세계를 탐색하면 화가 나는지도 모르겠다. 언어에 미적 기능이 있다는 것을 용인하지 않는 건지도 모르겠다. 언어로 그려낸 낯선 세계를 마주치는 것을 원치 않는지도 모르겠다.

작품을 보러 오는 사람의 크기는 각각 다르다.

그들은 그들이 볼 수 있는 것만큼의 그릇을 갖고 온다. 모양도 제각각이다.

어떤 사람은 숟가락을 들고 오고,

어떤 사람은 욕조를 들고 오고, 어떤 사람은 텅 빈 바다를 들고 온다.

어떤 사람은 뢴트겐을 들고 온다.

그릇이 작은 사람일수록 화가 많다.

도대체 알아먹을 수가 없잖아? 이해가 안 되잖아?

자신의 숟가락에조차 담기지 않는 작품은 폭력적이라고 한다.

그러나 작가 입장에선 숟가락을 들고 오는 사람이 오히려 폭력적이다.

시인은 자신의 작품을 만나러 오는 사람들의 크기를 알 수 있다.

그의 질문이나, 그의 침묵이나, 그의 표정을 통해서.

그가 느끼는지, 그가 의미를 찾는지, 그가 고정관념을 갖고 있는지.

그의 그릇의 크기가 어느 정도인지 알 수 있다.

시인이란 시를 읽은 사람의 오해를 노숙자가 카트에 담은 짐만큼 질질 끌고 걸어가는 사람이다.

작품의 크기는 만나러 오는 사람들의 크기에 의해서 결정되지 않는다.

작품의 무한 능력으로 그 크기가 무한대로 늘어났다 줄어들었다 하는 작품이 좋은 작품이다.

깊이 느끼고 표현한 것일수록 그 전달력은 약할 수 있다.

모두 똑같은 그릇을 들고 와 똑같은 크기를 재는 작품은 별로다.

마음에게

　만약 당신을 붙잡는다면 당신의 늘어진 귓바퀴를 뚫어 황금 방울 한 쌍을 우아하게 매달아주리. 그런 다음 강아지 약혼날처럼 황금목걸이를 걸어주고, 어깨엔 흰 구름 문양 레이스 휘장도 둘러주리. 쟁그랑쟁그랑 소리나는 금팔찌들 매어주고, 발목엔 금사슬 찰랑찰랑 묶어주리. 만약 당신을, 무서운 당신을 붙잡는다면 당신 꼬리에 쉴새없이 터지는 어여쁜 연발 폭죽도 달아주리. 이마엔 형광색 이름표를, 배꼽엔 어여쁜 금별 피어싱을 박아주리. 항문엔 입김을 불어넣어 당신을 앞산보다 크고 뭉게구름보다 크게 부풀려주리. 그런 다음 온 마을 사람들이 지켜보도록 보무도 당당하게 당신과 행진하리. 예쁜 꽃 목도리 회초리로 당신 뒷덜미와 엉덩이를 간질이면서 집으로 돌아오리. 그다음 너무 커서 비스듬하게 누우신, 당신을 모신 지성소에 당신이 직접 예배하게 하리. 세 번 절하게 하고, 당신 머리칼 몇 가닥 잘라 향을 사르고, 당신 치아 사리 안치한 금합도 보여주고, 당신 뼈를 갈아서 다시 만든 얼굴도 보여주고, 이건 몸과 피이니 나누어 먹고 마시라, 그런 말은 하지 않으리. 정말로 그런 말은 하지 않으리. 다만 아무도 깨지 않는 새벽녘 당신을 쫓아내리. 마침내 쫓겨난 당신이 걸음아 나 살려라 줄행랑을 놓는 것, 박장대소하면서 배웅해주리. 그리고 이제 거지가 된 당신에게 다시는 적선하지 않으리.

피아노와 낙타

몇 날 며칠이 지나도록, 몇 달 몇 년이 지나도록 끝나지 않는 곡이 있다면.

연주가 끝나면 '내'가 지워지는 곡을 누군가가 연주하고 있다면.

'나'는 이미 작곡된 곡 안에서 사는 것이라면.

그 곡의 전주곡, 그 음계와 박자가 '나'의 피와 살과 숨이 된 것이라면.

'나'에게는 늘 그 곡이 투명한 옷처럼 입혀지고 있고

그 곡에 맞춰 저 먼 곳에서 사막을 건너는 늙은 낙타가 않아의 시간을 운행하고 있다면.

이제 그 낙타가 무릎이 꺾이고 있다면.

피아노 건반을 두드리는 소리가 이명처럼 가까이 오고

피아노 속은 무서운 바람 부는 천지.

그 속에 대상들이 보석과 유황을 싣고 지나가고

모래 폭풍이 불어오고

오아시스의 미루나무가 흔들리고.

더운 낮과 추운 밤이 지구별의 운항 일지처럼 이미 작곡되어 있다면.

피아니스트의 소맷자락은 이제 삭아버릴 정도가 되었는데

손가락을 타고 거슬러오르는 바람. '나'의 달력의 12월 31일 자정.

모래 속에 갇힌 낙타가 큰 소리로 울고 있다면.

그 피아니스트가 이미 '나'를 그리움 속에 둔 채 연주하고 있다면.

혁명가의 새 직업

혁명가는 혁명 후에 새 직업을 얻기 참 힘들겠다.

혁명가는 직업이 될 수 있을까.

애록의 전직 혁명가(그중에 문학 전공) 중 세 종류의 직업이 가장 많이 눈에 띈다.

첫째는 훗날 국회의원이 된 사람.
둘째는 훗날 연애 시인이 된 사람.
셋째는 훗날 여행가가 된 사람.

(물론 이외에도 시민운동가, 농사꾼, 정신병자, 출판인, 교수, 교사, 여전히 문인, 부동산 재벌, 여전히 나름 혁명가 등등 새 직업을 갖게 된 사람도 많고, 자신의 직업과 일상 속에서 여전히 혁명중인 사람도 많고, 이미 고인이 된 분들도 있지만 우리 눈에 가장 많이 띄는 전직 혁명가는 위에 든 세 종류다.)

이중에서 이 세 가지 다를 겸한 분도 있고, 두 가지만 하는 분도 있는데, 한 가지만 하는 분은 드물다. 이중에서도 연애시를 쓰는 분들의 경우, 그의 연애시는 필시 종교적 색채를 띠는데 절대로 관능적이거나 포르노적이지는 않다. 그는 포르노적인 시인이나 실패자의 비명을 내지르는 젊은 시인들을 엽기적이라 부르면서 경멸한다. 그것은 않아가 보기에 그들이 여전히 시를 연애계몽혁명의 도구로 보기 때문이라는 생각이 든다. 이어서 여행가가 된 부류는 대개 사진을 겸하여 찍는데 아프리카나 유럽, 북아메리카대륙은 여행하지 않고 주로 아시아를 여행한다. 여행의 테마는 치유나 화해, 소통이고 카메라를 들이대는 자세에 포함된 그의 정서는 노스탤지어인 경우가 많다. 문명화가 덜 된 풍경에서 위로를 받는 거다. 않아는 이들이 혁명가도 인간임을 증명하기 위해 포르노적 스캔들을 일으키거나 아니면 뉴욕이나 런던, 도쿄에 가서 촬영 금지 구역이나 주민들에게 사진기를 들이대다가 한바탕 싸우고 오는 것이 오히려 그들의 제2직업으로 나을 것이라 생각해본다. 그들의 혁명의 덕을 보고 사는 인간이 할 소리는 아니지만 그들이 가난한 나라를 찾아가 겸손하다못해 자의식조차 내세우지 않는 사람들을 골라 찍은 인물 사진이 싫기 때문이다. 아무래도 전직 혁명가들은 우리나라의 과거를 그리워하는 분들인가보다.

유명한 사람과 유명하지 않은 사람

세상에는 유명한 사람과 유명하지 않은 사람이 있다. 유명하지 않은 사람 중에는 유명해지고 싶은 사람이 있고, 그것과는 상관없이 사는 사람이 있다. 그것과는 상관없이 사는 사람 중에도 나서기를 좋아하는 사람이 있고, 숨기를 좋아하는 사람이 있다. 숨기를 좋아하는 사람 중에도 숨은 사람이 있고, 숨지 않아도 보이지 않는 사람이 있다. 숨기를 좋아하는 사람 중에도 보통 사람 눈에는 보이지 않는 방식으로 중생을 구제하려는 사람이 있고, 중생 구제 따위는 관심 없이 그저 자신 구제에 관심이 가는 사람이 있다. 자신 구제에 관심이 있는 사람 중에도 열심인 사람이 있고, 열심히 하려다 만 사람이 있다. 스스로 자신의 몸을 가두고 기도하는 스님들의 집 앞을 발소리 없이 지나갔지만 그들이 그 안에서 앉아의 발소리를 세심히 듣고 있다는 걸 왠지 알 수 있었다.

타인에게서 관심을 받고, 타인에게서 희열을 받는 것은 짐이다. 부자유다.

가장 유명한 사람은 가장 많이 종속된 자다.

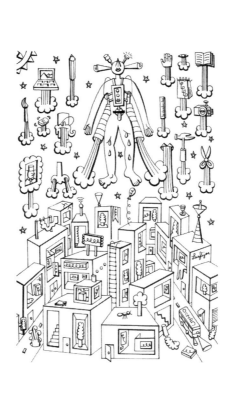

사물의 말씀

잖아에게 무한 충성하는 물건과 시간들을 생각한다.

지우개는 영원히 닳아지면서 잖아의 글자들을 지워준다.
세숫비누는 무한 반복 마멸되면서 잖아의 얼굴을 씻어준다.

냄비는 안에는 물, 밖에는 불을 견딘다. 끓어준다.
몇십 년을 반복해 끓어준 냄비는 이제 본래의 색을 잃고 우그러져
검은 숯처럼 변해가는 중이다.
무한 반복 잖아의 엉덩이를 받아준 의자는 잖아가 앉았다 일어설
때마다 삐그덕 뼈에 금가는 소리를 낸다.
그중에서도 안타깝고도 효과적인 시간이라는 지우개가 가장 슬프다.
시간은 이별이기 때문이다.
이별한 것을 다시 사랑할 수도, 그렇다고 다시 이별할 수도 없지
않은가.
이별이 가까우면 프라이팬도 핑하고 우는 것 같다.
잃어버린 휴대폰이 멀리서 애타게 찾는 소리 들리는 듯하다.

숨이 끊어지기 전 컴퓨터는 발밑의 강아지처럼 슬픈 기색이 역력하고, 병색이 완연해서 가슴이 덜컹 내려앉는다.

이 분야의 최고봉은 로봇이다.

의사가 된 로봇은 전자기 파동으로 진단을 내리고, 수술도 하지만 피로해하지도 않고, 실수도 하지 않는다.

로봇은 말한다. 저는 감정이 없습니다. 다만 지능이 있습니다.

물건이 이런 말을 들려주다니.

감정이 없다는 말을 감정 없이 하는 놈은 처음 봤다.

저는 시간의 고통을 모릅니다.

다만 초인적 능력이 있습니다.

주인님이 원하시면 스파링 파트너가 되어드릴 수도 있고, 로봇 격투 시합에 출전할 수도 있습니다.

주인님이 위험에 처하시면 대신 망가져드리겠습니다.

나는 살아 있지 않다는 걸 알고 있습니다, 라고 말할 땐 무서울 지경이다.

로봇 앞에서 나는 언젠가 죽을 거라는 걸 알고 있어, 라고 지껄여봤자 무슨 소용이 있겠는가.

심지어 로봇은 이렇게 말할 줄도 안다.

주인님이 난처하시면 저를 리셋하시면 됩니다.

그러면 우리 사이의 일은 지워집니다.

그 말을 들은 않아가 로봇의 뺨을 갈겼다.

로봇이 말했다.

저는 아픔을 모릅니다.

사실 않아는 로봇 같은 사람 혹은 로봇이 되고 싶은지도 모르겠다.

이별의 고통도 감정과 연민도 없다지 않는가.

사실 않아는 로봇 같은 사람 혹은 로봇과 사귀고 싶은 건지도 모르겠다.

심장의 울컥하는 붉은 피도 없다지 않는가.

영원히 노예나 하인으로 살면서 감정도 없다지 않는가.

않아는 로봇에게 않아의 시를 들려주는 광경을 상상한다.

그러나 주인의 성장 속도보다 더 빨리, 더 많이 기억의 창고를 확장해서, 결국엔 주인을 가르치게 된다지 않는가. 주인을 무시하게 된다지 않는가.

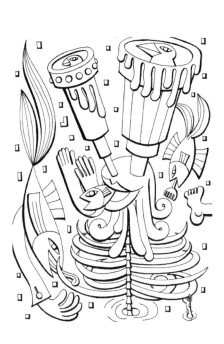

나만의 기린 기다리기

기린 한 마리 들고 나가 출근한다.

기린 한 마리 늘 내 옆자리 앉는 걸 좋아한다.

기린 한 마리 들고 나가 밥 사 먹는다.

기린 한 마리 들고 나가 술 한잔 권해본다.

미안하지만 나 혼자 갔다올게 하고는

기린 한 마리 의자에 앉혀놓고

화장실 갔다 온다.

오늘밤 기린 한 마리 잃어버리고

현관에 앉아 기린 돌아오기만 기다린다.

잃어버린 기린은 잃어버리지 않은 기린보다 목이 더 길다.

내가 기린 한 마리 데리고 사는 건 비밀이기 때문에

실종 신고를 할 수도 없고

기린아! 기린아! 외쳐 부를 수도 없다.

기린도 죽음이 가까워오면 저 혼자 숨을 곳을 찾을까?

그러나 목이 길어 어디서나 다 보일 텐데.

오늘밤 기린 기다리느라 내 목이 점점 길어진다.

기린과 함께 걸으면 외롭지 않았다.

기린과 함께 누우면 막막하지 않았다.

관뚜껑을 닫을 수도 없었다.

목이 길어 관 밖으로 다 나오니까.

이 늦은 밤에 기린은 어디에 있을까?

혼자 초원에 갔을까?

현관문을 열어젖힐 내 두 팔을 머리에 꽂고

어디 어디를 걸어가고 있을까?

단 한 번의 흥얼거림으로 흘러간 노래

연구실 밖에서 잠깐 가사가 붙지 않은 흥얼거리는 노래가 들려왔다.

짧고 작은 소리였지만 멜로디는 선명했다.

소리가 앓아를 먼 곳으로 데려갔다.

앓아는 고도가 높은 저 먼 곳과 낮은 이곳의 창문 사이에 동시에 존재하는 이상한 상태에 잠깐 머물렀다.

그 짧은 소리가 앓아를 창밖과 창문 안쪽, 두 곳에 있게 했다.

창문을 열면 둘 다 사라질까봐 두 손을 꼭 움켜쥐게 되었다.

소리의 머플러가 땅에 잠깐 끌리는 듯 들린 노래.

머나먼 높이를 날아가던 영원한 것이 잠시 한 학생의 입술에 머문 듯.

그러나 일 분간 존재하고 만 숭고한 높이를 지닌 멜로디.

어떤 감흥에 젖은 한 학생이 탄성을 내지르는 대신 입술 밖으로 불러내고야 만 한 가닥 중성미자.

얼른 달려가서 그 소리로 만든 세상의 제일 가벼운 머플러를 주워 보고도 싶었지만

그 느낌이 사라질까봐 엉거주춤 서 있었다.

그리하여 가사를 떠올릴 수도 없었다.

아름답지도 슬프지도 않았지만 알 수 없는 실망이 배어 있는 멜로디.

듣는 사람의 기억을 들어올려서 그때 그곳의 안타까움에 다시 처박는 멜로디.

그 누구도 처음과 끝도, 전체도 알 수 없는 멜로디.

스산함을 담은 멜로디.

귀로 듣지 않고 전신으로 들은 멜로디.

화음의 그물은 창문 밖과 창문 안쪽에 골고루 펼쳐두고 멜로디만 잠깐 인간의 입술에서 날아오른 듯.

노래가 끝나자

않아는 무엇을 기다리는 사람의 표정이 되었다.

소리를 잡아두려는 듯 오랫동안 방문을 닫아두었다.

누군가의 어두운 몸속에서 불현듯 나와서

실낱같이 지나가버린 섬광을 잡아두려는 듯.

'～이면'의 세계

조금만 참아, 1월이면
조금만 참아, 배가 도착하면

눈이 오면
졸업을 하면
바람이 불면
상처가 아물면

우리는 배를 타고 바다를 건너간다.
　도착하면 새로운 소식 같은 것, 신대륙 같은 것이 있을 거라고 생각하면서 배에 실려간다.
　최소한 이 배를 타고 가는 이 인내와는 이별할 수 있을 거라 믿으면서.
　그리고 멀미를, 정신병을, 권태를, 고통을, 흔들림을, 학대를 꾹 참고 있다.
　우리의 인내는 '～이면'과 '～이니까' 사이에 걸쳐 있다.

감각은 느낌의 기관 이전에 편집의 기관이다.

귀는 오늘 들은 소리들을 깡그리 지워준다.

눈은 오늘 본 것들을 속속들이 지워준다.

그렇다고 해서 듣지 않고, 보지 않은 것은 아니다.

만지지 않은 것은 아니다.

듣고, 보고, 만진 다음 겨우 흐릿하게 몇 개 남겨둘 뿐.

눈, 코, 입, 귀가 어제를 삼키고 다 지워버렸다.

잠처럼 묽은 것으로 다 지워버렸다. 편집해버렸다.

여객선 선실에 승객들이 가득 누워 있다.

망망대해를 가로질러가면서.

견디고 있다.

도착하면.

사라지는 장르

세상에서 시가 사라져간다.
이미 무형문화재급이다.

시는 사라지고 시인의 신화, 시에 대한 풍문이 남았다.
시는 사라지고 유행가, 타령, 잠언, 수필, 소문의 진위, 간신히 비유만 남았다.
시는 사라지고 시집과 시 잡지만 남았다.

시는 사라지고 신변잡기, 일갈, 처세술만 남았다.
시는 사라지고 낭만적, 감상적, 목가적인 노래가 남았다.
시는 사라지고 시 교육, 시 집단, 옛 시인들만 남았다.
시는 사라지고 시인이 시 밖에서 한 말들만 남았다.
시는 사라지고 시인에 관한 소문만 남았다.
시는 사라지고 반복, 재생산, 또 반복, 또 재생산이 남았다.
시는 사라지고 넘치는 센티멘털과 포즈가 남았다.
시는 사라지고 시의 효용, 시의 쓰임, 시의 이용만 남았다.

시는 사라지고 시인 되기 프로젝트 가동만 남았다.

시를 쓴다.

그 사라짐 속에서 쓴다.

비겁한 할머니

뉴저지에서 뉴욕까지 가는 기차에서의 일이었다.

우리 앞자리에 비겁한 백인 할머니가 앉아 있었다.

왜 비겁한 할머닌지는 이 짧은 에피소드의 마지막에 알게 될 거다.

할머니 머리는 노랗게 물들여졌지만, 검은 머리와 흰머리가 머리 끝에서 올라오고 있었다.

얼굴엔 분이 두껍게 발라져 있었지만

입술은 아주 빨갛다못해 검었다.

유행 지난 핀으로 세 가지 색깔의 머리를 올렸다.

할머니는 세 사람씩 앉게 되어 있는 좌석에 혼자 앉아 있었다.

기차가 떠나고 우리가 할머니의 뒷자리에서 소곤소곤 얘기를 시작하자

할머니가 우리에게 소리쳤다.

이 기차에서는 조용히 해야 한다, 떠들지 마라, 너희 둘만 탄 게 아니다.

그러나 이 기차는 워싱턴에서 출퇴근 시간에 운행한다는 '정숙칸' 같은 것을 지정하지 않고 있었다.

큰 소리에 놀란 사람들이 우리를 번갈아 뒤돌아보았다.

조금 있다가 우리가 다시 귓속말로 얘기를 시작했다.

비겁한 할머니가 푸른 눈알을 희번덕거리며 쉿! 하고 입술에 손가락을 갖다댔다.

우리가 미안하다고 하자 비겁한 할머니는 조는 척했다.

역무원이 왔다. 역무원이 우리에게 농담을 걸고 우리는 웃었다.

그렇지만 할머니는 시끄럽다고 하지 않았다.

조금 있다가 큰 배낭을 맨 일단의 백인 대학생들이 올라탔다.

그들은 누군가를 흉보면서 키득거렸다.

목소리가 엄청나게 컸다. 우리보다 사십 배 데시벨이 높은 목소리였다.

할머닌 아무 말도 하지 않았다. 여전히 조는 척했다.

그들은 영어로 우리는 애록어로 얘기했기 때문일까?

그들은 서양인 얼굴을, 우리는 애록인 얼굴을 가졌기 때문일까?

앉아가 내리면서 쳐다보자 할머니는 재빨리 선글라스를 걸쳤다.

그리고 승객들이 다 내린 다음 제일 나중에 자리에서 일어났다.

우리와 통로를 사이에 두고 옆좌석에 앉았던 흰머리 아저씨가 일어서면서, 그 할머니를 손가락으로 가리키며 비겁한 사람이라고 말했다.

머리 깎은 물고기들

여승들의 승가대학에 가서 하룻밤 묵었다.

태풍이 천천히 북상해 올라오는 밤이었다.

잠결에 대웅보전의 새벽을 깨우는 심포니를 들었다.

외로운 목탁이 삼라만상의 잠을 깨우고 나면, 청아한 범종이 육상 생물을 깨우고, 둔탁한 목어가 수중 생물을 깨웠다. 마지막으로 뾰족한 운판의 울음이 하늘의 생물을 깨우는 소리의 향연이 있었다. 부처와 스승과 부모와 대중을 위한 발언과 함께 경전의 합창이 있었다. 문 열고 내다보니 태풍 속 절 한 칸이 빛으로 만든 연꽃처럼 피어오르고 있었다. 대웅보전 한 송이가 태풍의 눈처럼 환하게 날고 있었다.

그 속에 머리를 깎은 여승들의 자그마한 손들이 물고기들처럼 합장하고 있었다.

아침이 오자 우산을 쓰고 주지 스님의 안내를 받아 정원을 산책했다. 계곡 위 극락교를 지날 때 스님이 여승들의 기우제 이야기를 들려주었다.

가뭄의 밤이 오면 용띠 해에 태어난 여승들이 계곡에 솥뚜껑을 머리에 쓰고 목욕을 한다고 했다. 그러면 꼭 비가 내린다 했다. 언제까지 기우제 목욕을 하느냐고? 물론 비가 올 때까지. 새벽 예불로 삼라만상을 깨우듯 목욕재계로 비의 신을 깨우는 여승들의 이야기. 계곡물이 힘찬 소리를 내며 태풍을 맞이하고 있었다. 우산이 휙 뒤집히고, 쏜살같이 흘러가는 물속에 합장한 두 손처럼 생긴 물고기들이 숨죽이고 있었다. 머리 깎은 물고기들이 거친 물살에도 휩쓸려 내려가지 않고 기도하듯 웅크리고 있었다.

우리는 어느새 그녀를 다 써버렸다

이제 삼십 분 후면 그녀가 도착한다. 검푸른 송아지 가죽에 화학 솜을 넣어, 엉덩이가 삼십 센티미터 이상 솟아오른 그녀, 누구든 푹 파묻을 수 있는 그녀. 그녀 위에 모란꽃 흐드러지게 핀 쿠션을 놓으면, 우리는 그 꽃밭에 파묻힐 것이고, 어쩌면 꽃밭 옆으로 길게 드러누울 수도 있을 것이다. 흐느끼는 첼로에 발을 올려놓고, 설탕 젤리의 표면을 핥으며 꿀 같은 햇살에 손을 적실 것이다. 온몸에서 땀이 솟아나와 흡사 젤리바다 속에 빠진 것 같을 것이다. 곁들여 검푸른 젤리바다 위에 핀 모란꽃 같은 비탄에 빠질지도 모르겠다. 눈알이 달콤한 식초에 빠진 것처럼 슬슬 녹을 것이다. 이제 곧 그녀가 도착한다. 힘센 장정들이 큰 트럭에 그녀를 싣고 온다. 그들의 팔뚝은 푸른 해변에 목욕 의자를 놓아주는 원주민 장정들의 검은 팔뚝 같을까. 거기서 찬란한 슬픔의 모란꽃밭을 읊어볼까? 온몸이 녹아내리고, 신경 다발이 불은 국수처럼 퍼진다. 지금 우리는 그녀를 기다린다.

그녀는 도착하자마자 낡아간다. 벌써 구식이다. 마루 가운데 불이 켜져 있을 때나 꺼져 있을 때나 그녀는 낡아간다. 형광등 불빛에 피

부를 그을릴 땐 안타깝게도 검푸르게 부풀어오른 살이 닳아가는 것처럼 보인다. 식구들이 모두 외출한 날 가만히 들여다보니 그녀는 퉁퉁 부은 권태를 혼자 짊어지고 눈처럼 내리는 먼지를 견디고 있었다. 두 눈을 페어글라스처럼 크게 뜬 채. 현미경을 대고 자세히 들여다보니 공룡을 천만분의 일 크기로 줄여놓은 것 같은 진드기들이 그녀의 살갗 비듬을 파먹고 살겠다고 그녀의 배 위에 집을 짓고 있었다.

그녀는 너무 크다. 어디론가 치워놓을 수도 없다. 다리는 엉덩이에 파묻혀 보이지 않는다. 엉덩이가 너무 무거워서 그런가, 모두가 잠든 밤이 와도 혼자선 마루를 거닐 수조차 없다. 그는 집에 돌아오면 탱탱한 그녀의 왼쪽 팔뚝에 머리를 올려놓고 눕는다. 그럴 때마다 그녀의 엉덩이가 아래로 축 늘어진다. 그가 그녀의 엉덩이를 하염없이 쓰다듬는다. 참 대단한 엉덩이야, 칭찬한다. 그 엉덩이 위에 뜨거운 커피를 아차! 하고 쏟아붓기도 한다. 아이들이 그 대단한 엉덩이에 압핀을 꽂는다. 그러면 붉은 피 대신 바싹 마른 비곗덩어리가 싫어, 싫어 터져나온다.

그가 걸터앉으면 그녀는 전신을 부르르 떤다. 몸이 한쪽으로 기울어진다. 덜컹거린다. 한쪽 다리가 짧아진다. 이제 그녀는 더이상 염치를 모른다. 속옷은 치마 밖으로 줄줄이 흘러내리고, 살갗은 부르터, 그 속에서 늙은 암소의 뼈가 튀어나올 것만 같다. 장기를 기증하겠다고 해도 그 누구도 받지 않겠다고 하겠다. 이제 그녀를 마멸이라는 이름으로 불러야겠다. 그녀와 함께 그녀의 집도 낡아간다. 냄비들은 꺼매지고, 괘종시계는 이제 하루에 두 번 시간을 알려줄 뿐, 천장 한쪽이 쥐의 시체라도 담은 양 축 늘어진다. 그녀의 낡은 브래지어처럼 실밥 터진 잠옷을 걸친 그는 이제 종일토록 이불도 걷지 않는다.

어느 비 오는 날 누군가 그녀를 쓰레기통 곁에 갖다버린다. 집 없는 고양이가 그녀의 배를 쥐어뜯는다. 그녀의 뱃속에서 젖은 기억들이 꾸역꾸역 몰려나온다. 그 기억들이 냄새를 피우며 비를 맞는다. 이불 속의 남자는 그녀가 집을 나간 후에도 일어날 줄 모른다.

잊을 수 없을 땐 어떻게 해야 하나요?

외국인들과 애록의 서원들을 구경하러 갔다.

그는 물어보지 않아도 서원이 세워진 연도와 그들의 학풍을 얘기한다.

조금 전에 방문한 서원과 이 서원의 차이를 얘기해준다.

입구 현판에 쓰여 있던데, 해도 그는 여전히 얘기한다.

조금도 감상할 틈을 주지 않는다.

좀처럼 서원에 앉아 시를 쓰고, 책을 읽던 사람들을 상상할 수가 없다.

멀리서 달려와 토론을 나누다 먹을 가는 사람들의 먹물 냄새, 머리 냄새, 머릿니, 흰 옷깃, 흰 옷깃의 까만 때를 상상하려 해도 그의 정보 구술 때문에 무참히 깨진다.

이번에 그는 사화를 얘기한다.

앓아는 군주의 일인 통치하에서 사는 사람들이 바라보던 하늘을 상상한다.

숨막히는 가난을 생각한다.

숨막히는 권력을 생각한다.

이리 던져도 죽고, 저리 던져도 죽을 게임을 생각한다.

하지만 그의 얘기가 주역으로 넘어가 땅바닥에 팔괘를 그리기 시작할 때는 더이상 못 참고 혼자 거닌다.

어딜 가도 그의 수업이 진행된다.

외국인들은 서원의 정취를 느끼지 못하고, 그의 얘기를 듣느라 그의 얼굴만 쳐다본다.

그는 이제 애록의 역사를 다 훑을 참이다.

아울러 중국의 고전과 애록의 철학까지 다 넘나들 참이다.

그는 창고가 열린 사람처럼 말을 쏟아낸다.

어딜 가나 그의 목소리가 우리 주위를 뱅뱅 돈다.

강의가 끝나면 사진을 찍는다.

그는 풍경을 체포하는 사람처럼, 포획자처럼 카메라를 휘두른다.

강의가 끝나면 사진 찍는 시간이 도래한다.

우리는 포즈를 취해야 한다.

그는 아마도 '시간에 대항하는 인간의 투쟁은 망각에 대한 기억하기의 투쟁'이라는 명언을 신봉하나보다.

그는 어쩌면 그의 젊은 시절의 혁명을 잊어버린 사람들의 망각이 억울한가보다.

그는 그 억울을 정보를 환기하는 것에 바치나보다.

밤에 그를 피해 담장 아래 숨어 있는데 그가 다가왔다.

'내가 어떡하면 다시 시를 쓰겠니?' 그가 묻고 않아가 대답했다.

'먼저 네 공책에 적힌 것들을 덮어보는 게 어떨까.'

아버지가 자란다

어두컴컴한 방에서 아버지가 주무신다.

아침 드시고 주무시고, 점심 드시고 주무시고, 저녁 드시고 주무
신다.

않는 방문을 열어보고도 아버지가 계시다는 걸 종종 잊어버린다.

아버지는 이불 속에서 몸을 웅크리고 있다.

마치 가구처럼, 이불 보따리처럼.

운명을 다 써버렸나보다.

정년 퇴임하시고부터 아버지가 거꾸로 자란다.

언젠가는 청년이더니 이제는 엄마 치맛자락에 매달린 소년이다.

아니다. 성별을 초월해서 남자인지 여자인지 모르겠다.

점점 귀여워져서 턱받이라도 해드려야겠다.

누가 아버지에게 이런 인생을 드렸나.

손이 크고, 발이 크고, 키도 크던 아버지.

단상에 올라가면 더 커지던 아버지.

아버지는 왜 보따리가 되었나.

스스로 네 귀퉁이를 묶어버렸나.

별 주는 사람과 별 받는 사람

학생이 찾아와서 말했다.

선생님, 선생님의 최근 시집은 인터넷 서점 독자 한 분에게서 별 한 개를 받았습니다.

앓아는 별 몇 개가 만점인데? 알면서 물었다.

학생은 대답했다.

다섯 개입니다.

그러면서 학생은 앓아를 위로했다.

외국의 사이트에선 같은 시집으로 그보다 더 많은 별을 받았으니 안심하십시오.

앓아는 학생이 연구실을 나간 다음에 얼른 학생이 말해준 그 서점 사이트에서 앓아의 최근 시집을 검색해보았다.

과연 별 한 개, 독자 한 분이 내린 시집의 점수였다.

앓아는 속으로 생각했다.

별 한 개는 마이너스라는 뜻과 같다.

그리고 앓아는 앞으로도 그 독자로부터 별 두 개는 받지 않으리라 주먹을 불끈 쥐며 스스로를 위로했다.

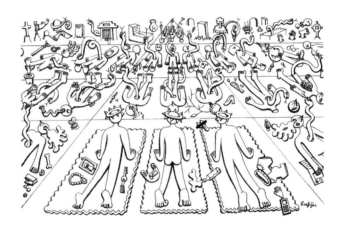

(이참에 다른 인터넷 사이트도 검색해보니 같은 닉네임의 어떤 네티즌은 않아의 모든 시집을 찾아다니며 별 반 개를 언도했다.)

페터 한트케가 『어느 작가의 오후』홍성광 옮김, 열린책들, 2010에서 자신에게 독자가 한 명도 없다는 자각 혹은 절망에 이른 후, 산책길에서 "골목 끝에 이를 때까지 적군이 나의 뒤를 행진"하는 것은 아닌가 두려워하고, 그를 "쏘아보는 눈길들"과 "책의 적대자들"이 자신의 뒤를 따라온다고 불안해한 정도는 아니었지만.

않아 말고 않아의 시집을 읽는 사람은 없다고 생각하기로 했다.

각국의 콩 요리

다른 요리보다 콩을 주재료로 한 요리는 그 나라의 땅냄새가 난다. 일본의 낫토, 애록의 청국장, 영국의 베이크드 빈스, 인도의 렌즈콩으로 만든 달, 멕시코의 칠리, 포르투갈과 브라질의 페이조아다, 프랑스의 병아리콩 카슐레, 아랍의 렌즈콩 팔라펠, 후무스 스프레드는 신기하게도 그 나라의 땅냄새가 난다. 으깬 콩맛은 땅맛과 너무도 흡사하다. 죽은 몸들을 품은 맛이랄까. 그중에서도 애록의 콩 요리 맛이 제일 지독하게 강하다.

지구는 생물을 생육하고 번성하게 하면서도 그들이 죽기를 바란다. 태어난 것들이 얼른 사라져서 다시 생육하고 번성하기를 바란다. 지구가 자전하고 공전하는 것은 일종의 죽음을 '흔들기'(사람이 죽으면 침대를 흔들어 악령을 떨어내버리려고 하는 의식이 미국 어딘가에 있다고 한다) 위해서다. 일 년이 가고, 백 년이 가는 동안 지구는 시간의 수레바퀴를 돌려 우리를 부식토로 만들어버리려고, 더 좋은 부식토가 되라고 부추긴다. 지구는 여기서 떠나라 하고 우리는 여기에 있으려 한다. 생명에 대한 찬가는 우리를 찬란한 부식토가 되라고 부추기는 지구의 노래가 아닐까.

　그리하여 해마다 지구 각처에서 그 나라 생물들의 조상 냄새를 품은 콩들이 올라온다.

언젠가 이 의인화를 버릴 거야

인간적이라는 층위가 있다.

정상인이라는 층위가 있다.

현대인이라는 층위가 있다.

애록인이라는 층위가 있다.

이 층위에선 조금만 게으르면—먼지를 쓸고, 옷을 다리고, 씻고, 인사하고, 알은체하고, 거리로 나서고, 깃발을 흔들고 등등—이것을 끊으면 층위 아래로 더 아래로 떨어진다. 먼지가 쌓이고, 옷에서 냄새가 나고, 쫓겨난다. 여기서 더 나아가 결혼식에도, 장례식에도 참석하지 않으면, 제도와 의례를 버리면, 층위는 점점 낮아진다. 우리는 태어난 이래 어떤 층위에 걸쳐져 있다. 신경쇠약에 시달리며 이렇게 두 발로 서서 얼굴을 허공에 두고 매달려 있다. 바위에 매달린 절 한 채처럼, 몸의 절벽에 매달려 있다.

앓아가 태어났다는 것은 앓아가 의인화되기 시작했다는 것이다. 앓아가 교육을 받기 시작했다는 것은 의인화 교육을 받기 시작했는 것이다. 않아가 살아간다는 것은 꾸며낸 가상의 삶을 희망으로 삼고 견뎌왔다는 것이다. 그러면서 이 의인화를 버릴 순간에 가까이 다가간다는 것이다.

우리는 태어남에서부터 끝없이 자신의 의인화 작용을 가동하고 있다. 짐승으로, 죽음으로, 비정상으로 떨어지려는 '나'를 끌어올려 이 문명 속에서 버팅기고 있다. 이렇게 언어의 그물 위에 떠 있다.

않아가 의인화된 채 지금 이렇게 몇 줄 적고 있는 시간. 않아가 끊임없이 현재의 시간 위에 않아라는 의인화를 투척하는 시간. 그 안간힘.
않아는 언젠가 이 의인화를 넘어갈 거라는 걸 안다.
그리고 다른 것, 언어를 넘어선 거기가 밀려올 거라는 것도 안다. 벌거벗은, 인간의 근원을 넘어선 거기를 마주할 것이라는 것도 안다.

않아는 보고 싶은지도 모르겠다. 커다란, 맑은 얼굴이 우주에 넘실대고, 않아에게 더이상 자아가 필요하지 않은 순간이 도래하리라는 것.

않아는 이 의인화를 넘어가려고 시를 쓰면서 역설적으로 수사학을 품는지도 모르겠다. 의인화를 벗어난 곳으로 않아를 멀리 데려가 보려고. 않아의 정신이 된 사슬을 힘껏 풀어보려고, 의인화를 벗고 존재한다고 느꼈던, 그 빛나던 무형의 순간으로 않아를 가끔씩 데려가려고. 인간적이고, 정상인이고, 현대인이고, 애록인이라는 층위에서 뛰어내려보려고.

각자의 우주에 각자가 있으려고.
영혼이 되려고.

선택

(이 빌딩은 애록의 상징적 중심부에 있다. 이 빌딩의 한쪽 귀퉁이 방에서의 일이다.)

문학상 시 부문 심사가 진행되고 있었다.

이번이 3차 회의로 수상자를 결정하는 날이다.

다섯 명의 심사위원을 분류할 수 있는 기준은 무수히 많다.

남녀 : 남자 4, 여자 1.

장르 : 시인 3, 평론가 2.

애록식 분류 기준 : 사실주의 2, 모더니즘 2, 불분명 1(이 분류 기준은 오십대 이상에겐 기계적으로 적용되지만 그 이하 세대에겐 기계적으로 적용되지 않거나, 아예 기준으로 여겨지지 않는다).

세계관 : 심미적 이성, 전통 서정, 일상의 편집, 여성성, 모더니즘(기자들의 분류를 따랐다).

직업 : 은퇴 교수 1, 교수 3, 출판 편집인 1.

전공 : 애록문학 관련 전공 2, 외국문학 관련 전공 3.

머리칼 : 검은 머리 4, 흰머리 1(애록인은 태어날 땐 검은 머리칼이므로 머리칼 색깔은 분류 기준이 되지 않는다. 눈동자 색깔도 마찬가지다. 브라운에서 검은색 정도의 변별만 있을 뿐이다. 그리하여 눈동자 색깔로 인간의 종류를 나누진 않는다. 옛 문헌에선 눈동자가 검을수록 아름다운 여자라고 했지만 지금은 그 검은 것이 싫어 다른 컬러의 렌즈를 끼는 여성들도 많다).

파벌 : 좌파로 분류되는 남자 1, 우파로 분류되는 남자 1, 분류되어본 적 없는 남녀 3.

결혼 여부 : 여 5(결혼 여부도 사실상 중요하지 않다. 50세 이상의 90퍼센트는 무조건 결혼했으니까).

감옥 : 감옥에 가본 적 있는 사람 1, 감옥에 가본 적 있는지 없는지 알 수 없는 사람 3, 감옥에 가본 적 없는 사람 1(감옥 경험은 중요하다. 감옥에 가본 적이 있다는 것은 그가 1970~80년대 독재 정권 기간을 지난 지금에 와서는 리얼리즘 계열의 문학을 한다는 증거이며, 야당 성향이고, 좌파 진영이며, 시 세계는 저항에서 사랑, 여행, 퇴행, 모성 찬양, 불교 심취 등등으로 변화하는 중이라는 것을 증명하는 중요한 기준이다).

신발 : 검은색 3, 브라운 2.

자켓 : 체크무늬 1, 검정 2, 그레이 1, 브라운1.

음료 : 커피 2, 녹차 2, 물 1.

안경 : 착용 3, 미착용 2.

심사시 돋보기 : 착용 5.

주거지 : 강북 4, 강남 1.

(심사 대상 시집은 기자들의 분류 기준을 따르자면 다음과 같이 분류될
수 있다.)

전통 서정

농촌

저항

철학

추상

불분명(기자들조차 분류해본 적 없음)

여행

대중

생물＋물리＋노장

수사학

(다섯 명의 심사위원은 이미 지난달, 두 번의 심사를 통해 예심을 통과
한 열 권의 시집을 네 권으로 줄였다. 심사를 받기 위해 남아 있는 네 권의
시집은 다음과 같다.)

전통 서정

농촌

철학

저항

(오늘은 그중에서 한 권을 골라 수상작으로 결정한다.)

의견들이 오간다.

않아는 말하면서 적는다.

〈전통 서정〉에 대하여

근래에 너무 상을 많이 받았다.

그전에 비해 못하다.

조선 시대 선비들의 여흥을 복사한다.

옛 문사들의 유유자적한 태도를 복사한다.

내면도 사회 비판도 경구도 재치도 없이 방랑과 술과 여흥을 사랑

한다.

여백을 사랑한다.

두보처럼 쓴다.

좀 실망이다.

〈농촌〉에 대하여

아이들 같다.

외국어로 번역 불가능하다.

아름다운 풍경화이다.

어른 농부의 아이 같은 일상이다.

교수라는 직업을 가진 사람이 어떻게 이렇게 순진하기만 한 농촌 노동을 그릴 수 있나.

순수의 결정이다.

차단막을 친 위장된 순수다.

〈철학〉에 대하여

무슨 말을 써놓았는지 모르겠다.

나는 시를 몇십 년을 읽어왔다. 그러나 모르겠다. 내가 모르는데 누가 알겠는가.

번역해놓는다고 가정해보자. 그 누가 알아듣겠는가.

연속해서 여섯 번 읽었는데 모르겠다. 그 누가 알겠는가.

누가 예비 심사를 했는가, 그들의 식견이 의심스럽다.

모르겠다고 말할 수 있는 부분이 있는 것이 좋은 거다.

나날의 철학이다. 일상의 철학이고, 구차한 구체적 경험의 생략이라고나 할까.

외적인 것의 탈각, 추출이라고나 해야 할까.

시간과 존재에 대한 심오한 질문이다.

자아를 비우는 노력의 일환이다.

옥타비오 파스를 닮았다.

적극 추천한다.

시를 한번 해설해보라.

한 편의 시를 예로 들어 해설한다.

오히려 해설이 시가 아닌가.

〈저항〉에 대하여

혁명을 버리고, 절로 들어갔다. 실망이다.

반성과 더불어 곧바로 메시지로 돌파하는 힘이 있다.

혁명과 저항은 어디로 갔는가, 왜 그것에 대한 반성이나 회한이 없는가.

산문적이지 않고, 산문이다.

삶 안에 삶의 바깥을 제시하지 않고, 그냥 늘 존재하는 바깥에 절망한다. 그래서 산문이다.

실제의 감옥에서 나와 시간의 감옥에서 발버둥친다. 불교, 춤, 보

살행은 도피다. 애록에선 왜 늘 실패한 혁명가들이 절로 향하는가. 절로 가지 않는다. 여자에게로도 간다.

이런 인생의 도정이 아름답지 않은가.

읽고 나면 마치 마르크스가 하녀와 관계를 맺는 장면을 본 것 같지 않은가.

웃음 5회

침묵 42회

대화로 의견이 좁혀지지 않아 두 명씩 좁혀서 투표하기로 한다.

그리하여 종이에 각자 두 사람의 이름을 적는다. 기록으로 남기기 위해서다.

전통 서정 2표, 철학 2표, 농촌 3표, 저항 3표가 나온다.

3표를 받은 〈농촌〉과 〈저항〉만으로 논의하기로 하는 데 오랜 시간이 걸린다.

이 과정에서 "이런 민주주의가 싫다!" 외치면서 한 사람이 기권한다. 다음 투표에는 참석하지 않겠다고 한다. 그는 끝까지 〈철학〉을 주장했다.

그리하여 〈저항〉이 마지막 투표에서 3표를 받아 수상자로 결정된다.

〈농촌〉을 끝까지 주장하던 시인 겸 편집자는 인사도 나누지 않고 퇴장해버린다.

전화

죽은 외할머니에게서 전화가 온다.
잠아는 받지 않는다. 그러나 음성은 녹음된다.
나오너라, 기다린다, 1번 출구 앞이다.

죽은 외할머니에게서 전화가 온다.
잠아는 받지 않는다. 그러나 음성은 녹음된다.
나오너라, 아직도 기다린다, 1번 출구 앞이다.
그렇게 계속 녹음된다.

할 수 없이 나가기로 한다.
옷을 갈아입고 신발을 찾는다.
그러나 발에 맞는 신발이 없다.
커다란 슬리퍼를 질질 끌며 나간다.
나가다가 슬리퍼가 벗겨진다.

외할머니가 기다리는데 발이 앞으로 나가지 않는다.

저기 1번 출구 앞에 서 있는 외할머니를 본다.

가련하다.

추워 보인다.

아낌없이 남김없이 앉아를 주고 싶다.

그러나 신발이 자꾸만 벗겨진다.

아침에 식구들이 말한다.

1번 출구에 닿았으면 앉아는 자신들과 함께 아침을 먹지 못했을 거라고.

그런 거라고. 산 사람은 꿈속에서조차 죽은 사람에게 닿지는 못하는 거라고.

포르말린 용액 속의 공주들

고개를 갸우뚱 숙이고 땀을 뚝뚝 흘리며 분홍 옷을 걸치고 이 세상에 있다는 것.

누군가 세상의 바닥, 그 아래서 뺨을 맞고 있다는 것, 아무도 모르는데, 분홍옷을 입고 지하실에 묶여 이 세상에 있다는 것. 미쳐버린 남자의 승리를 인정해주고, 사라져야 할 순간이 임박했다는 것.

왜 여자들을 증오하는지, 결박하고, 때리고, 돈을 빼앗는지,
여자를 빼앗는지, 실종시키는지, 벌벌 떨게 하는지. 왜 여자들로 자신의 자존감을 세우려 하는지.

눈동자는 물로 만들어졌을까.
강물이 눈동자 천 개 만 개 켜는 날.

지하실, 산속, 안방, 바다에 여자들이 갇혀 있다. 포르말린 용액 속에 떠 있는 것처럼.

가공되기 전 동화의 원작들엔 공주가 이미 주검에 들었다고 쓰여 있지 않던가. 이야기 속에 잠긴 채 잠들어 있는 공주들은 왕자를 기다리고 있지 않다고 하지 않던가. 왕자에 의해서 이미 죽었다고 하지 않던가.

사라진 여자들의 소식이 들려올 때마다 소식을 나눠 가진 여자들이 벌벌 떤다.

않아의 친구는 폭력에 희생된 여자들의 추모 사이트를 만들었다. 사라진 여자들의 명복을 비는 사이트.

첫 화면을 켜면 두 손을 모으고 기도하게 만드는 사이트.
그러나 그것 또한 포르말린에 잠긴 여자들처럼 비웃음 용액에 잠겨 시달리다 문을 닫고 말았다.

회원이십니까?

엄마의 집에 간다.

엄마가 그 지방에서 오래 글쓰신 분이 앓아를 보려고 일부러 방문 해왔다고 소개를 하신다.

그는 곶감을 가지고 왔다.

그는 앓아에게 물었다.

펜클럽 회원이십니까?

아닙니다.

문인협회 회원이십니까?

아닙니다.

그러면 서울 지하철에 시가 붙어 있습니까?

아닙니다.

그러면 어디엔가 시비가 서 있습니까?

아닙니다.

그는 대단히 실망한다.

그는 이제 앓아와 말하기 싫어한다.

그렇지만 앓아는 그에게 차를 마시라고 한다.

그는 차를 조금만 마시고 간다.

그는 엄마의 딸에게 대단히 실망하고 간다.

곶감은 놓고 간다.

DMZ 초록

않아 생애 처음으로 남쪽 애록에서 제일 먼 북쪽으로 갔다.

그곳에선 어디에나 미술 작품을 놓아도 저절로 언어가 생겼다. 풍경에 숨은 사연들이 작품을 놓자마자 말을 걸어와서 그런 것 같았다. 어디에서나 유령들의 말이 우글거렸다.

전망대에서 내려다본 그곳은 초록이었다.
초록이 자물쇠의 녹처럼 전쟁을 몇십 년째 꽉 붙들고 있었다.

오천 미터 이상 높은 산에 올라갔다가 수목한계선 아래로 내려오면 초록이 지구의 생명을 꽉 붙들고 놓아주지 않는 것처럼 보였었다. 그때 느꼈던 초록의 무서움처럼 애록을 움켜쥐고 있는 초록 허리띠가 무서웠다.

남쪽 병사와 북쪽 병사가 초록의 무섬증을 지키고 있었다.

그들이 초록의 침묵을 지키고 있었다.

건드리면 터지는 초록.

디디면 터지는 초록.

저 침묵이 깨지면 우리가 죽는 초록.

무시무시한 초록.

전쟁 없이 통일이 될까요?

제시 존스는 더블린에 산다.

그녀의 엄마는 심령술사다.

〈철의 삼각 전적지 관광사업소〉에서 진행된

그녀의 퍼포먼스 〈또다른 북〉은

북아일랜드에서도 진행한 적이 있는 퍼포먼스라 한다.

제시 존스가 관객들에게 카드를 한 장씩 나눠준다.

그런 다음 간절함을 담아서 질문 한 개씩을 준비하라고 한다.

그러면 질문에 따라 타로 전문가가 점을 친다.

그녀는 우선 다섯 개의 질문을 받았다.

"십 년 안에 통일이 될까요?"

"열강은 우리의 통일을 원할까요?"

"남북 당국자는 통일을 원하고 있나요?"

"햇볕 정책은 지속 가능할까요?"

그중에서 한 아이의 질문, "전쟁 없이 통일이 될까요?"가 박수를
제일 많이 받았다.

그녀는 질문을 받아 하나씩 대답해주었다.

카드의 점괘는 해석자의 것이겠지만, 긍정적인 대답이 많았다.

'간절한 질문의 방식으로 진행되는 작품'에 대해서 생각했다.

'간절한 질문의 방식으로 진행되는 여행'에 대해서 생각했다.

이별, 격동, 보수와 진보, 부패 정치, 위기, 피난민 의식, 증오, 자존심, 조급함, 무력감 등등.

애록인들의 몸속 깊이 숨어 있는 분단의 그림자들을 생각했다.

DMZ 초록이 잠근 사연들을 생각했다.

"DMZ 공원 가로등 아래, 저 들판에 소풍 가는 일이 생길까요?"

않아는 카드에 적었다.

포유류

공기 희박한 라사의 조캉 사원 앞에서
유체이탈하다. 그리하여
오체투지하는 날 보고 있자니
아이구 저 포유류 저 무거운 몸뚱어리.
어쩔거나 이 슬픔은 투명한 무관심. 그 시선 같은 거.

라마승들이 흰 앞치마 입고
반달 칼 네모 칼 척척 휘둘러
죽은 사람 몸뚱어리 저며주어도
독수리들이 썩 반기질 않는다.
초대해놓고 이런 걸 주다니
지독히 귀찮은 표정이다.
아이구 저 아랫동네에서 온 않아는
훨씬 더 맛없겠지
독수리한테 잘 보이고 싶어지긴 처음이다.

않아는 왜 똥 싸고 젖 먹는 포유류인지

않아는 왜 손가락 뜨겁고 땀조차 끈적거리는 동물인지

않아는 왜 큰 소리만 들어도 젖이 쏟아지는 암컷인지

부담스러워 못 살겠네.

냄새나는 않아의 숨결에 꽃 다 져버릴까봐 향기도 못 맡겠네.

(않아는 왜 이렇게 긴 두 팔을 가졌는지

꽃일랑은 이제 제게 주지 마세요.

우리는 전부 땅속에서 왔겠지만

땅속에서 올라와

바들바들 눈길을 떠는 꽃 한 송이.

않아가 건드리기만 하면

일순에 참혹해버릴까봐

활짝 핀 꽃 곁에 서 있지도 못하겠네.)

입시

입시생들이 시험 보러 온 날, 눈이 내렸다.
않아는 복도를 천천히 걸었다.

입시생 천 명이 지금 '아침 골목'이란 제목으로 시를 쓰고 있다.
천 명이 동시에 '아침 골목'을 생각하고 있다.

않아의 머릿속에서도 '아침 골목'이 환해졌다.
눈발이 날리는데 현실도 아니고, 죽음도 아닌 곳에 '아침 골목'이
펼쳐져 있었다.
않아는 교실에 앉은 입시생들과 창밖의 눈발을 번갈아 보았다. 마
치 천사가 눈 내리는 풍경 속에 서 있는 것을 본 듯했다. 않아는 갑
자기 머릿속에 나타난 환하고 환한 '아침 골목'의 영상을 보았다.

그 영상 속에서 그것보다 희미한 이미지를 켜고 있는 천 명의 영
혼을 생각했다. 자기만의 영상 속으로 희미한 이미지를 켜들고 걸어
가고 있는, 부재하나 유동하는, 시 쓰는 입시생들의 감수성을 생각

했다.

어디에나 '아침 골목'이 있었다. 천 개나 있었다. 가로등이 켜져 있든, 꺼져 있든 '아침 골목'이 있었다.

잠시 후 앓이는 천 개의 '아침 골목'을 다녀온 것만 같았다.

아무도 없는 골목을. 앓이가 사라져주기만을 바라는 것처럼 냉정한 얼굴을 가진 '아침 골목'을.

그러나 곧 누구는 합격하고, 누구는 합격하지 못하는 조용하고도 매서운 분별의 아침이 도래하리라.

그 직전의 조그마하고 아슬아슬하게 밝아오는 '아침 골목'의 침묵이 있었다.

선생님이 밥을 사주신다

요새 너의 시에 아픔이 있으니 내가 밥을 사주겠다.

앓아는 선생님께 밥 얻어먹으러 갔다.

밥을 다 먹자 선생님이 말했다.

그런 시를 쓰지 마라, 어렵다!

어려운 시를 쓰지 마라, 읽고 있으면 화가 난다!

삼척동자도 알아먹을 시를 써라, 시에서 나쁜 얘기 하지 마라!

데뷔할 때부터 얘기하고 싶었는데 지금 한다!

불모가 아니라 위로와 비전을 제시하는 게 시가 아니냐!

사실과 진실을 추구해라!

그 말씀을 듣고 있는데 앓아의 곁으로 희디흰 상여가 지나갔다.

앓아가 어릴 적에 보았던 상여는 알록달록 화려한 꽃투성이었는데, 희디희다니 이상했다.

앓아가 앓아의 시집을 뜯어 꽃을 접고 있었다. 시집은 아주 커서 넘기고 찢어내는 데 힘들었지만, 접을 수는 있었다.

방안에 흰 꽃이 가득했다. 앓아는 시집으로 흰 꽃상여 한 채를 지어서 물위에 띄웠다. 한 상여 떠나가면, 또 한 상여 떠났다. 아이고 왜 이리 시를 많이 썼어? 상여가 자꾸 만들어졌다.

종이를 접고 가위를 단번에 놀려 진혼굿을 시작하기 전의 무당들처럼 흰 꽃 한 송이씩 쓱쓱 만들었다. 태안설위설경을 만들었다. 창으로 들어온 햇빛이 앓아의 손등을 희디희게 구웠다.

눈을 뜨고 선생님을 쳐다보니 흰 냅킨으로 토마토소스 묻은 입술을 닦으시고 그만 일어나자 그러셨다.

앓아는 선생님이 말씀하신 쉬운 시가 뭔지 모르겠다고 웅얼거렸다.

창밖에 희디흰 상여 수백 대가 주차되어 있는 것이 보였다.

선생님, 그럼 안녕히 가세요.

선생님, 시는 존재한다고 믿는 것들의 그 불가능성을 추구하지 않나요? 진실이라고 하는 것, 사실이라고 하는 것을 막상 추구해보면 없는 것 아닌가요? 그 추구 자체가 시 아닌가요?

앓아는 중얼거리며 상여를 타러 갔다.

다시 어려운 시를 찾아갔다.

처녀성과 모성

드디어 시험 치르는 꿈이 사라졌다.
다행이다, 그러자 곧 험한 남자에게 쫓기는 꿈이 시작되었다.
곡괭이를 든 인부가 찾아오는 꿈.
성희롱을 하려들던 늙은 선생이 쫓아오는 꿈.

끈질기게 이별을 유예하던 남자가 말을 타고 쫓아오는 꿈.

꿈을 깨고 나면 대명천지, 아침의 평화가 너무도 달콤했다.

그러다가 갑자기 아이를 잃어버리는 꿈이 찾아왔다.
꿈속에선 늘 전화기의 버튼이 눌러지지 않았다.
경찰은 늘 여자의 말은 무시했다.

아이가 아무도 모르는 곳으로 사라졌다.
허랑 방천으로 사라진 아이를 찾아 맨발로 뛰는 어미.

그러다가 자는 아이의 방에 가서 가만히 귀를 대어본다.

다행이다. 아이가 숨을 쉬고 있다.

아직 아이는 닫힌 문 안에 있고

험한 세상은 문밖에 있다.

여성은 두 가지 꿈을 번갈아 꾼다.

처녀성과 모성을 잃어버리는 꿈.

처녀성은 태어날 때부터 간직된 투명성이며, 고유성이다.

첫날밤의 침대를 지났다고 해서 사라지는 것이 아니라

여성에게 영원히 간직되는 투명한 중심이다.

더럽힐 수도, 부술 수도 없는 것.

여성들이 영원히 간직한 압도적인 연약함인 것. 비밀인 것.

콜레트는 모성애는 진부한 거라고.

이성애와 모성애에서 해방되면

세상 모든 것이 즐겁고 다양하고 다채롭게 다가온다고 일갈했는데

여자는 늘 모성애에 묶여 있다.

아이를 낳지 않았다고 해서 없는 것이 아닌

타자를 품는, 몸으로 선물 되기를 이행하는 평안인 것.

여성들이 간직한 연약함의 압도적인 것. 미래인 것. 불쌍한 것. 버려도 되는 것.

북산

북산이 않아를 좋아하는 줄 알았다.
북산에게 노래도 불러주고
봄 여름 가을 겨울 변하는 얼굴도, 팔도 쓰다듬어주었다.
북산엔 유한한 존재가 짐작조차 할 수 없는 섬세하고도 거대한 우
울이 깃들어 있었다.

북산에 사는 까치들과 놀아주기도 하고 북산의 비 맞는 얼굴을 웃
으며 쳐다봐주었다.
너무 좋아서 심지어 북산이여, 영원히! 기도도 드려주었다.

오늘은 북산을 걸어가면서 티베트의 천장사를 생각했다.
죽은 사람을 탁 쪼그려뜨린 다음 이불로 싸서
수레에 싣거나 업고 가는 얘기.
가족은 따라가지 못하고 먼 친척만 그 몸을 따라가는 얘기.
그러면 천장사가 산중턱 조그만 집에 들어가서
죽은 사람의 옷을 벗겨서 집밖으로 던져버리고

시신은 남녀노소 누구나 토막내버리는 것.

그다음 독수리들에게 나누어주는 것.

천장사가 사람의 살덩어리를 들고 독수리들을 부르는 광경.

그 옆에서 기름기 흐르는 허벅지뼈 피리를 부는 붉은 휘장을 두른 승려.

않아는 주검의 도마가 되어주는 저 높은 산자락 냄새가 나기라도 하는 것처럼 생각을 이어갔다.

않아의 생각이 독수리들을 불러들이는 그 찰나.

않아는 북산에게서 내동댕이쳐지고, 팔뼈가 '딱' 하고 부러졌다.

않아는 북산의 가슴속에 까마귀처럼 비명을 여섯 번 집어넣었다.

지금까지 않아는 북산이 않아를 좋아하는 줄 알았다.

응급실에서도 북산을 생각한다.

북산이 않아를 밀어낸 것만 같아 눈물이 핑 돈다.

무슨 불경한 얘기를 입에 올린 것 같아 눈물이 핑 돈다.

북산에게서 버려진 것만 같아 다시 눈물이 핑 돈다.

로드리게즈와 로드리게즈

케이프타운의 슈가맨과 디트로이트의 슈가맨.

케이프타운의 슈가맨은 노래한다.
디트로이트의 슈가맨은 노동한다.

케이프타운의 슈가맨은 무한수열 폭발한다.
그의 노래가 케이프타운을 공중 높이 부양한다.
디트로이트의 슈가맨은 무한수열 노동한다.
매일매일 이 집 부수고, 저 집 짓는다. 일용직.

케이프타운의 슈가맨은 부화중이다.
디트로이트의 슈가맨은 노화중이다.

케이프타운의 슈가맨은 아련한 신화 속에 산다.
디트로이트의 슈가맨은 일용할 사회 속에 산다.

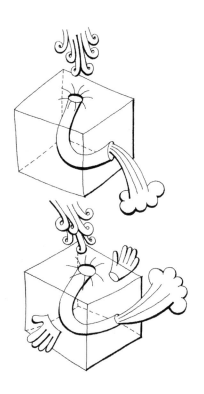

케이프타운에선 거듭 살아나는 노래. 심지어 혁명과 몸을 섞는 노래.

디트로이트에선 죽은 노래. 무덤 속의 노래.

로드리게즈와 로드리게즈가 가방을 메고 걷고 있다.

적도와 자오선을 대칭으로 걷고 있는 두 사람이면서 한 사람.

디트로이트의 슈가맨이 케이프타운의 슈가맨에게,

당신은 내가 그린 나의 이미지입니다.

반쪽은 노래, 반쪽은 노동.

반쪽은 기타 케이스, 반쪽은 연장 가방.

절대적인 고요 속을 걸어가는 두 남자.

거울을 사이에 두고 한쪽은 아프리카, 한쪽은 아메리카.

남아프리카에서 거울을 보면 북아메리카, 북아메리카에서 거울을
보면 남아프리카.

여기서 해가 질 때

거기서 해가 뜬다.

여기선 영혼이 없어.

거기선 육체가 없어.

죽은 가수의 영혼이 갑자기 무덤에서 솟구친 것처럼.
노래의 영혼이 지구를 한 바퀴 돌아간 것처럼

여기는 거기로 가는 길목.
거기는 여기로 가는 길목.

리듬을 먹여 살려요

시는 시인이 자신에게 기생하는 리듬을 벗어버리려 하는 몸부림.

존재의 방식이 아니라 결핍의 방식으로.

시인은 의미도 메시지도 없는 그 영원한 헐벗음인 음악을 마지못해 먹여 살리는 사람.

시인의 분신이지만 시인은 자신의 분신인 줄도 모르는 그것.

늘 헛기침하는 그것. 늘 시인의 영혼을 벌거벗기는 그것.

(그러나 그것이 없으면 시인은 시를 시작하지도 못하네.)

시인의 몸에서 나왔지만 고아원에서 온 것처럼 구는 시인의 분신.

마지못해 다가오는 두근거림.

늘 주춤거리다 다시 시작하게 하는 것.

도덕적이지도 않고, 멜로디도 아닌 것.

목소리도 아니고, 성대도 아닌 것.

은유가 아니고 현전인 세계.

역사는 아니고 반복인 세계.

(그럼 도대체 뭐란 말이야?)

두려움을 몰고 오는 것.

불꽃처럼 춤추고, 마음대로 돌아다니는 것.

간헐적이다가 웅장해지는 것.

끊임없이 되돌아오는 것.

몸짓의 창고.

불가능의 건축.

투명한 것.

계속 시작하는 것.

그러나 삶과 삶 사이의 웅장.

고아원에서 출발했지만 고아의 것이 아니라 받드는 사람의 것이 되는 결핍.

중력의 반대 방향으로 가려는 움직임.

가벼운 안간힘. 호흡(태아의 첫 호흡은 언제 어느 순간에 시작될까).

그러나 절대로 팽개쳐지지 않는 결핍.

악기가 된 결핍.

무한에의 탐험을 떠나기 전 탑승한 뗏목의 첫 출렁임 같은 것.

무한은 이것을 타고 끝없이 일렁거리는 변주일 뿐.

거울로 만든 파도.

파동이 패턴을 불러오고, 패턴이 리듬을, 그리고 끝!

그러나 어디에 닿을지는 시인도 모릅니다.

시란 이 염치없는 파동을 먹여 살리는 것.

그리하여 시는 이 리듬 속으로 사라져갑니다.

신선 식품처럼

학생이 찾아와 말했다.

선생님, 응모한 제 작품이 본심까지 올라가 신선하지 못하다는 평가를 받았습니다.

어떻게 하면 제 작품이 신선해지나요?

죄를 지은 양 한 마리처럼

깨끗해지고 싶은 양 한 마리처럼 학생이 말했다.

잖아는 대답했다.

잖아도 그걸 알면 좋겠다마는

잖아가 뭘 알겠냐마는

잖아가 보기에 네가 제일 신선하다!

무엇보다도 남다르게 생긴 너의 용모, 너의 열등감, 너의 분노, 너의 욕망,

네가 제일 신선하다.

그러니 너는 이제부터 너를 쓰면 되겠다.

잘 쓰려는 힘을 빼고 너를 쓰면 되겠다.

그러자 학생이 또 물었다.

어떻게 '나'를 쓰지요?

않아는 또 대책도 없이 대답했다.

너에게서 너를 어떻게 발견할 수 있는지 아는 것, 그게 바로 시다.

너에게서 네가 떠나면 떠날수록 오히려 네가 잘 보이고 발견하기도 쉽다.

그것을 발견한 사람들이 시인이란 이름을 얻는다.

자신에게서 자신을 벗어나고서 자신을 발견한 사람들이 시인이다.

침묵 생성 기계들

─침묵에 옷을 입혀주는 것이 작가의 일이라고 헤밍웨이는 말했다. 침묵에 바지를 입히고, 재킷을 입히고, 바다로 나가게 하고, 노를 젓게 하고, 혹은 전쟁터로 나가게 하는 일. 침묵에 옷을 입혀 전쟁터에서 술 마시고, 싸우고, 방탕하게 하는 일. 그러면서 제일차 세계대전, 제이차 세계대전, 제삼차 세계대전을 지나오는 일. 그러면서 침묵의 침묵을 다시 듣는 일.

─서로의 사이에서 통신이 사라진 다음 생성된 침묵. 프로이트와 작별한 융 사이의 침묵. 헤어진 사람들 사이에서 들끓는 침묵. 그 침묵의 비명.

─침묵 속으로 사라진 사람들의 말을 귀기울여 듣는 일, 혹은 지우개인 침묵의 말을 고요히 받아들여 나를 지우는 일. 혹은 소음 위에 침묵의 옷을 입히는 일. 시인의 일.

─이제 이 세상 어디에도 침묵은 없다. 침묵은 밀봉한 상자 속에

마이크를 넣고 녹음해야 한다. 이것은 오디오 감독님의 말.

　—아픈 고요를 채집할 곳은 어디에? 그들의 소리 없는 비명을 녹음할 수 있는 곳은 어디에? 그들의 첫 말을 들을 귀는 어디에?

　—침묵 속에 빠진 사람들을 공격하는 침묵에 익사한 건 아닌지. 그 침묵의 핵 속에 마이크를 넣고 녹음할 수만 있다면 공상만 하는 건 아닌지. 그 목소리를 들을 수만 있다면. 만약 그럴 수 있다면. 시간 아닌 시간. 두부처럼 혹은 묵처럼 말랑말랑하게 응고한 침묵이 우리를 싸고 있다. '내'가 칼을 들고 오기 전까지 갈라지지 않을 침묵이. 이 무력한 침묵을 깨뜨려 깊이 숨겨놓은 불쌍한 침묵을 듣자.

송사

선생님의 제자들이 논문 봉정식을 했다.

선생님 아래서 논문을 쓴 제자들이 왔다.

꽃잎이 처연히 떨어지고, 햇살은 쨍하게 환한 봄날

선생님의 사진 여섯 장을 봤다.

선생님의 십대와 이십대 삼십대 사십대 오십대, 그리고 육십대.

선생님이 천천히 자라서 은퇴에 이르러가는 과정이 거기 있었다.

그러나 무엇보다 인상적인 것은 다 늙은 제자들이 일어나서

〈스승의 은혜〉를 목청껏 부르는 장면이었다.

선생님은 수줍게 앉아 계시고, 모든 이는 일어나 입을 벌려 소리를 내었다.

창문 밖 봄날의 햇살 속으로 우리의 목소리가 퍼져나갔다.

그러나 무엇보다도 가장 소중한 시간은 마지막 방돌이를 했던 이의 송사.

선생님이 한 손엔 책, 한 손엔 접이식 부채와 하루종일 씨름하시다가

저기! 하고 부르시면 저녁식사 시간이라 했다.

둘이서 밤의 거리로 나설 시간이었다고 했다.

그렇게 선생님이 떠나시고 '저기'가 선생님의 의자에 앉아보았다고 했다.

선생님의 자리는 단지 그 의자였다고 그는 말했다.

애록 소설사의 중요한 책이 쓰인 그 자리.

한쪽이 망가져서 자꾸 기우는 의자가 거기 있었다고 했다.

모던에도 순교가 필요해

　지금은 그렇게 나누는 것이 불가능하게 되었다고 말할 수도 있고, 않아는 그렇게 나누는 것이 늘 불가능하다고 생각해왔지만 언제나 문학의 정치적 진영은 두 종류로 나뉘어져온 것이 사실이다. 지나간 시대의 애록에선 리얼리즘을 구사하는 문학인들이 정치적으로 선명해서 순교를 당하고, 감옥을 들락날락해왔다.

　반대로 모던한 문학을 한다고 규정받은 사람들을 향해서는 방법적으로 글을 쓰는 것은 문학이 아니라는, 정치의 바다로 나오라는, 사회의 바다로 헤엄쳐 나오라는 등등의 충고가 많은 것 또한 사실이었다.

　그 충고를 다 듣고도 여전히 모던하게 선이나 굿고, 그래프나 그리고, 벽돌이나 쌓고, 쓸모없어 보이는 건축이나 하고, 귀신 씻나락 까먹는 소리나 한다고 비난받는 것, 사실 신념이 없고서는 불가능한 일이다. 남들과 같지 않은 감각의 결을 발견해 상상적 경험의 세계를 현실세계와 동등하게 놓고 보는, 언어의 세계를 축조하는 사람이 순교자적 광인의 자세 없이 그 세계를 밀고 나갈 수 있었겠는가.

　끝끝내 무의미로 치솟지 않는 글을 어떻게 문학이라고 할 수 있겠는가, 내부적인 공명 속에서 연결되는 단어들의 마술, 이미지의 빛을 낚아채는 것에 대한 신념을 견지하는 것도 일종의 순교적 태도가 있지 않고서는 불가능한 일이다.

총체적 오해를 대저택처럼 몸에 두르고, 매 순간 인내하는 오기.

도저한 부정이 문학이라고 믿는 것. 감각으로 지각할 수조차 없는 미망의 부조리, 그 부조리를 다시 구축하는 것. 고도를 기다리는 두 남자를 나무 아래 세워놓는 것. 일단 부재의 미래를 선취해보는 것. 그러다 결국엔 제 작품을 불태우는 것.

책임질 줄 모르는 룸펜이라는 질시를 받는 것. 의지도 갖추어 입지 못한 인간이 언어만으로 세계를 구축한다는 질타를 받는 것. 병적인 증후에 도달하고 마는 것. 그리고 어쩌다 다른 세상을 또 쓰윽 내밀어보는 것.

않는 티베트 승려들이 그리는 아름다운 무늬, 모래 만다라를 그리는 일과 같은 순교도 있을 수 있다고 생각해본다. 세상 전체를 준다고 해도 바꿀 수 없는 소중한 모래무늬, 다 그리고 나면 훅 불어버리는 그 무늬에의 순교.

꿈속에서도 삶을 꿈꾸는 행위.

타인의 잠을 지켜드립니다

무거운 잠을 뚫고 들어오는 타인의 목소리, 혹은 군홧발 그리고
거친 주먹.

이와는 반대로 차마 고단한 잠을 깨우지 못하는 손길, 마음이 있다.
배에 차오르는 복수 때문에 구급차를 불러놓고도
아들의 고단한 잠을 깨우지 않은 어머니의 얘기를 들었다.
그러자 않아의 잠을 깨우지 못한, 깨우지 않던 사람들이 생각났다.

어머니에게서 전화가 왔다.
아버님이 새벽 네시에 돌아가셨다.
근데 왜 지금 전화를 거세요?
너희들 잠 깨는 시간에 알리려고.
세 시간 동안 혼자 시신을 들여다보고 계신 어머니.
그런데 지금 어머니는 어디 계세요?
아버님 옆에.
아버님은 어디 계세요?

갔다니까.

전화기를 들고 깜깜해졌다.

옆방에 잠들어 있는 가족에게서 전화가 왔다.

아침은 혼자 차려 드시길.

어딘데?

방에.

뭐하고 있는데?

어젯밤 다리를 다쳤거든, 휠체어가 있는 택시를 불렀어.

왜 안 깨웠는데?

어차피 아침에 택시가 오게 되어서.

얼마큼 아픈데?

그럭저럭.

전화기를 들고 깜깜해졌다.

나나나나

창문에 들러붙은

매미는 나나나나 우나.

여물통에 주둥이를 처박은

돼지는 나나나나 우나.

나 배고파, 나 죽고 싶어, 나 보고 싶어.

않아도 나나나나 우나.

일평생 나들은 나만 부르나.

부르다가 내가 죽을 이름, 나여!

수도꼭지에서 물은 나나나나 떨어지나.

아저씨 담배 연기는 나나나나 흩어지나.

목걸이 귀걸이 주렁주렁 매단 영혼을 걸친 채

나들은 나나나나 우나.

언제나, 장차 내가 될 나여!

언제나, 이미 나였던 나여!

한 번도 '나'가 되지 못한 나의 나날들이여.

나는 왜 문장의 맨 앞자리마다 나를 세우나?

나는 왜 나에게서 떨어지면 아무것도 아니나!

나는 왜 나나나나 부르면서

나에게서 점점 멀어지는 줄 모르나?

이렇게 많이 낳았는데, 매일 나는 나의 나의 나의 나만 낳았는데

나는 왜 나를 아직 다 못 낳았나!

발밑에 벗어놓은 미적지근한 비닐봉지들 가득하다.

나는 나를 낳는 샘물인가? 신기루인가?

나는 쉼없이 나를 솟구쳐올려야 존재하는 분수인가?

외할아버지의 서점

않아는 외할아버지의 서점에서 태어났다.

오래된 책의 냄새와 오래된 사람의 냄새가 섞여 있는 집이었다.

이층에는 재고가 된 책이 가득 꽂혀 있었다.

책꽂이에서 책을 빼내 외할아버지의 초록색 벨벳 회전의자에 파묻혀 책들을 읽었다.

어른들의 책을 보았다.

간혹 이해할 수 있는 책이 있어 바닥에 엎드려 읽다보면

이층 마루가 책의 무게로 약간 기울어져 있어서 않아의 몸이 마루 끝에 처박히게 되었다.

창문 아래 책방 간판의 녹슨 양철이 만져질 듯 가까웠다.

책을 한 권 다 읽고 난 다음엔 그 책을 꼭 안아주었다.

외할아버지가 큰 병원으로 떠날 때도 책을 보고 있었다.

책을 보며 울고 있었다.

외할아버지의 주검이 도착했을 때도 책을 읽고 있었다.

않아를 부르는 소리가 들렸지만 아래층으로 내려가지 않았다.

동생을 낳고 젖이 나오지 않는 엄마가 아가에게 먹일 백설기를 이

층에 말리고 있었는데

않아는 떡 몇 덩이와 책을 싸들고 집을 떠났다.

그리고 일주일 동안 외할아버지와 함께 가출했다.

이제 책들은 사라지고 않아도 그 집도 사라졌다.

책의 글자들도 사라졌다.

며칠 전에 친구들과 여행을 하면서 외할아버지의 무덤 밑을 지났다.

않아는 안녕하세요 할아버지, 인사했다.

우리집은 서점도 아닌데 할아버지의 재고처럼 책을 꽂아놓고 살아요.

그렇게 인사했다.

뉴욕 산책

새 바빌론에서의 산책은 이렇게 하는 것.
'죄송합니다!'를 지나
'괜찮습니다!'를 지나
'실례합니다만'을 지나
'천만에요!'를 지나
'동전 있으세요?'를 지나
'감사합니다!'를 지나
'사진을 찍어줄 수 있으세요?'를 지나
'좋은 하루 되세요!'를 지나
'몸조심하세요!'를 지나

아기들도 걸어가면서 기저귀를 차야 할 것 같은 곳.
걸어가면서 국수를 먹어야 할 것 같은 곳.

걸음을 멈추면 터지는 폭탄이 가방에 들어 있는 사람들처럼. 킵
고잉! 페르세베라persevera!

뭐든지 말할 수는 있지만
아무것도 말할 수 없게 된 사람들처럼.

자동판매기에서 산 것 같은 똑같은 말을 중얼거리며
바쁘게 걸어야 해요.

만약에 걸음을 멈춘다면 삼백 가지 죽는 방법을
태양광 라디오들이 속삭여줄 것만 같아요.

밤이면 흠뻑 젖은 속옷처럼 눈꺼풀이 내려옵니다.

설인 예티

　몇 날 며칠 비가 왔다. 사원의 벽화나 만다라 그림 속에서 설인 예티를 찾으러 다니는 나날이었다. 흰머리를 휘날리는 흰옷 입은 여인. 눈동자가 젖은 여인. 눈동자의 습기가 비애로 타는 여인. 예티의 얼굴에 드리운 머리칼이 버드나무 흰 이파리처럼 뒤척였다. 거대한 발자국을 찍으며 돌아다니지만 누구의 카메라에도 잡힌 적 없는 여인. 바람처럼 말하는 여인. 바람처럼 이를 가는 여인. 바람처럼 웃는 여인. 바람처럼 속삭이는 여인. 바람처럼 말 못해, 말 못해 길게 우는 여인. 사원 아래 더러운 움막에서 잠을 청할 때 갑자기 침상이 공중으로 떠올랐다. 잠결에 누군가 앓아를 흔들어 깨웠다. 예티를 보라고. 밖에 와 있다고. 창문을 열자 희디흰 설인이 서 있었다. 거대하게 흐트러진 흰 여인. 흰 머리칼이 온몸에서 돋아나 얼굴도 몸도 볼 수 없는 여인. 휘날리는 여인, 바람의 발원지가 앓아의 창 앞에 있었다. 아침에 일어나 밤에 예티가 왔다 갔다고 일행에게 말하고 싶었으나, 갑자기 목소리가 나오지 않았다. 벙어리가 되었다. 꿈이 앓아에게 그 여인을 보내주었다고 생각했다. 꿈속에는 꿈속이, 다시 깊은 꿈속이 있었다. 그 깊은 곳에서 나온 것 같은 바람의 여인이 마치 저멀리 설산의 몸에서 나온 영혼처럼 희디희게 왔다가 갔다.

치유 좀 해드릴게요

막을 수 없는 것이 닥쳐올 때가 있다.

피해도 피해지지 않는 것이 닥쳐올 때가 있다.

영원에서 온 것이라 우리는 어쩔 도리가 없이 받아야 하는 것이
있다.

태풍처럼 다가오든, 가랑비처럼 다가오든 두 손으론 막아낼 수 없
는 것이 있다.

패배하기만 하는 것이 있다.

알 수 없는 본질에 닿아 있어서 그 주변만 맴돌게 되는 것이 있다.

영원히 절망하게 하는 것이 있다.

그 앞에 서면 필멸하는 것이 있다. '나'가 죽는 것이 있다.

그런 것이 비극이다.

그렇지만 애록 문학사에 비극이 있었던가?

우리 고전문학에 영원한 절망에 부딪혀 파멸해간 주인공이 있었
던가?

악마는 없었지만, 도깨비는 있었다.

결국 주인공들은 구원받거나, 해결되거나, 치유되었다. 가화만사

334

성되었다.

우리 고전 속에서건 신화 속에서건 사건 사고는 많았지만 비극은 없었다.
않아는 끝까지 추적하지 않았기 때문이라고 생각해본다.

않아에게 편지와 이메일과 전화를 걸어와 않아의 시를 가지고 인간의 정신을 치유하는 데 쓰겠다고, 그것을 허락해달라는 사람들이 있다. 치유받지 않겠다는데 치유해주겠다고, 위로해주겠다고 사람들이 달려든다. 나 좀 그냥 내버려달라는데 치유받으라고, 자기한테 묘책이 있으니 안수를 받으라고, 빨리 봉합하라고.

비극은 치유 드라마와 미담과 가슴 먹먹해진다는 감상주의에 가려져 있다.

명절

부모님은 죽음 쪽으로 더 기울어지고
조카들은 조금 더 자랐다.
가족 전체가 죽음 쪽으로 더 기울어졌다.
그것을 축하했다.

달콤한 것들을 먹으며
가족의 시간을 파먹으러
꿀벌처럼 다가온 명절에
두 팔을 벌려주었다.
몸을 맡겨주었다.

모든 동물이 멸종한 다음
인간만이 남아 있을 그 시각에 한 발짝 가까워졌다.
인간들만이 단백질을 비축하고 있을 그 지구에.

무서운 공동체

않아는 성냥갑에 성냥이 일사불란하게 들어 있는 것을 보면 무섭다. 성냥 머리들이 전부 분홍색 철모를 쓴 군인들 같다.

않아는 무서워서 성냥갑을 열지 못한다.

이미 불이 된 성냥들은 떠나고, 아직 불이 되지 못한 머리들이 빼곡하게 박혀 있다.

이쑤시개도 물론 무섭다. 일사불란한 의견 통일로 남의 이 사이를 쑤시러 가려고 뾰족한 몸을 서로 기대고 비좁은 통에 서 있지 않은가.

깨가 뿌려진 빵도 무섭다. 깨알 머리들이 너무 무섭다.

특히 검은깨가 무섭다.

파이프를 가득 싣고 앞서가는 트럭이 무섭다. 똑같이 파인 파이프의 구멍들을 쫓아가는 것이 무섭다.

누구의 구멍이 되려고 저렇게 몰려가고 있는지.

고슴도치의 일사불란한 침이 무섭다. 발맞춰 행군하는 군인들의 장화가 무섭다.

지하철 환승역을 물밀어오는 사람들이 무섭다. 바닥을 친 사람들은 여전히 바닥에 있고, 이렇게 바닥을 박차며 걸어갈 수 있는 사람들만 바닥을 떠난다.

벌집마다 들어찬 꿀벌들이 무섭다.

우리의 구멍을 밀고 들어오려고 호시탐탐 기회를 노리는 작은 생물들이 무섭다.

야생의 툰드라에서 비박해보라. 몸의 구멍들마다 벌레들이 가득 들어찬다.

사막의 폭풍 속을 몇 발자국 걸어가보라. 몸의 구멍마다 모래가 집을 짓는다. 몇 날 며칠 털고 씻어도 자고 일어나면 침대에 모래가 수북하다.

땅의 한 꺼풀을 벗기면 거기 보이지 않는 구멍마다 들어찬 들쥐들의 분홍 새끼들이 무섭다.

않아는 아무래도 밀생하는 것들에 대한 강박이나 공포가 있는 것 같다. 군집 공포증이 있는 것 같다.

형제가 많은 집안에서 자라서 그런가. 유전 인자에 새겨진 피난민 의식인가.

우리가 숨쉬시기를 멈추면 자신들이 우리 몸의 주인이라고 달려들 몸의 주인들이신 미생물들이 무섭다.

단결, 우리의 의무, 공동의 운명, 집결이 무섭다.

않아는 운명 공동체가 무섭다.

오천만 명이 사는 나라에서 천만 명이 넘게 보는 영화가 무섭다.

그 영화를 볼 때 똑같은 대목에서 똑같이 우는 사람들이 무섭다.

한꺼번에 죽을 가능성으로 가득찬 애록의 공공장소들이 무섭다.

아이들이 가득 탑승한 버스가 무섭다.

요동

바다를 건너 중국으로 갔다.

밤에 큰 배가 흔들렸다.

침대의 난간을 잡고 있어도 몸이 아래로 툭툭 내팽개쳐졌다.

선실에 붙은 유리창으로 칠흑 같은 밤에 잠겨 아우성치는 콜타르 빛 밤바다를 내다보았다.

저것은 바다의 야만이다. 저것은 바다가 바다의 꿈을 뚫고 터지는 거다. 저것은 바다의 편집증이다.

이 지구에 태어났던 모든 사람과 지금 지구에 살고 있는 사람 전체가 태어난 이래 한 번도 머리를 자르지 않고 살다가 그 머리칼 전부를 흔들며 앓아에게로 달려들고 있었다. 무서운 파도가 배를 들었다가 놓았다. 이제 태양계가 지구를 태양계 밖으로 내던져버리려는 듯했다. 바다는 고통스러워했다. 악마의 아기를 낳는 고통 같은, 악마의 리듬에 실린 고통 같은, 거창한 리듬에 몸을 맡긴 고통이었다. 앓아는 선실의 복도를 기어서 카운터로 갔다. 멀미약 좀 주세요. 앓아는 거기서 그날 항구를 출항한 유일한 배는 그 배뿐이라는 얘기를 들었다. 그리고 이 배는 워낙 커서 별일 없을 테니 멀미약을 먹고 어서 잠을 자라는 충고를 들었다. 그러나 않아는 선실로 돌아와 창문에 붙어 있다가 떨어질 때마다 미친듯이 흔들리며 토했다. 파도의 리듬에 몸을 맡기면 된다고 했는데, 파도에 맞서 흔들리지 않으려고 했다.

어슴푸레하던 기운이 몽땅 사라지고 칠흑 같은 밤이 회오리치며 거창하게 울었다. 깜깜한 우주가 않아 앞에 당도해서 소리쳤다. 거절, 거절, 거절, 거절, 오직 거절만 하는 거대한 손길이 있었다.

유리 한 장만이 미친듯 포효하는 검은 타르의 우주와 않아 사이에 있을 뿐.

거대하고도 무서운 추상에 맞붙어 온갖 불안을 망토처럼 두른 이 생물이 무섭게 떨었다.

않아라는 작은 소용돌이와 암흑 우주의 큰 소용돌이가 맞붙어 요동쳤다.

이 세상에 태어났다 사라져간 모든 생명의 필멸이, 그 운명이 소리 높여 울었다.

않아도 언젠가 머리 푼 저것이 되리라 생각했다.

아침에 중국에 닿았다.

편두통

머릿속에는 숲이 있다.
그 숲에 바람이 부는 날이 있다.
숲이 머리를 절레절레 흔드는 날이 있다.
숲의 나무를 베러 낫을 든 사람들이 오는 날,
그런 날이면 앓아는 무릎을 싸안고
눈을 감는다.

숲에는 사람이 살고 있지 않는 듯하지만
어렴풋이 누가 있는 듯도 하다.
앓아는 그 사람의 도피처인가? 감옥인가? 병원인가?
앓아는 뇌라는 곳에 거주하는 인간의 질료적 고통인가? 모욕인가?
그 사람이 깊이 웅크릴수록 앓아는 불안해진다.

앓아는 머리가 아파서 발가락에 침을 맞는다.
앓아는 숲의 나무가 아파서
그 뿌리에 침을 맞는 거다.

부디 평안해지길.

앓아는 숲에 사는 사람의 얼굴을 알아보지 못하지만
숲이 회색빛으로 황량해지는 것.
숲에 비가 와 땅이 촉촉이 젖는 것.
숲에 불이 나 나무들이 타오르고 고사목들이 픽픽 쓰러지는 것.
초록 잎사귀들이 드문드문 돋아나는 것.
그런 것쯤은 알아챌 수 있다.

앓아는 머리의 숲에 사는 인기척과 부단히 얘기를 나누려고 한다.
예민한 감각으로 무장한 그분에게 공손한 인사를 건넨다.
그분은 통증으로 존재를 증명하는 먹구름처럼 거기 머물고
앓아는 한줄기 눈물을 흘린다.

앓아는 따뜻한 차를 한 잔 마신다.
숲속은 안녕하신가.
그곳에 빛이 드는가.
그 누가 길을 잃고 헤매는가.
검은 숲속으로 따뜻한 연녹색 찻물이 흘러든다.
안부를 묻는다.

수치심

그가 옆에 앉은 앓아의 의자를 툭 친다.

말하면서 또 툭 친다.

앓아의 몸이 살짝 흔들린다.

진동이 몸속으로 들어온다.

그는 한 문장에 한 번씩 앓아의 의자를 친다.

문장은 짧다.

박자 맞춰 친다.

의자는 앓아의 몸의 연장이다.

앓아는 처음엔 위가 퉁 울린다.

다음엔 허파가 퉁 울린다.

다음엔 간이 퉁 울린다.

앓아 몸에 달린 내장들이 번갈아 울린다.

앓아는 몸속에서 울리는 타악 합주를 듣고 있다.

그는 앓아보다 나이가 많다.

그는 앓아의 선생님이다.

그는 절망한 적이 단 한 번도 없어 보인다.

그는 지금 앓아의 의견이 철회되길 바란다.

애록에선 선생님의 행동을 대놓고 지적하는 건 금기다.

앓아는 참는다.

빙 둘러앉은 모두가 참고 있는 걸 알기 때문에 분위기를 깰까봐 또 참는다.

몸속 타악 합주가 절정으로 치닫는다.

그는 점점 더 세게 더 자주 친다.

몸은 불협화음으로 터질 것 같다.

그의 말은 궤변이다.

자기변명이다.

욕설 방어다.

앓아는 일어선다.

선생님, 이 의자를 그만 치세요. 선생님과 저 사이의 우정이 금가는 소리가 들립니다.

남자, 아저씨, 선배, 선생님, 원로 분들의 몸이 타악기가 되는 경우는 드물다.

그들이 갖고 있다고 믿는 힘은 오히려 그들의 즐거움과 기쁨을 가리는 차단막이다. 그들의 그 힘은 도래한 것이든, 쟁취한 것이든, 피를 주고 대신 얻은 것이든, 남들이 마련해준 것이든 스스로의 내부를 들여다볼 자신이 없어서 그들이 몸 위에 장착한 것이므로 불안과 공포와 허영의 냄새를 풍긴다고, 종당엔 썩는다고 앓아는 생각한다. 작은 동그라미 안에서든, 큰 네모 안에서든 그들이 그것을 버리면 스스로도 즐거워질 텐데 하고 앓아는 생각해본다.

앓아의 몸 전체가 의자를 벗어나서도 작은 배에서 하선한 사람처럼 계속 울리고 있다.

아무래도 며칠 계속할 것 같다.

이 세상에서 얿아가 말은 배역

　산책길에서 아버지와 아들이 지나갔다. 아버지가 아들에게 말했다. 고개를 들고 걸어. 사람 지나가잖아. 그 사람이 바로 얿아다. 연극 대본을 보다보면 등장하는 인물, 행인 1과 행인 2와 행인 3. 행인의 역할은 지나가기. 우리가 이 도시에서 말은 배역, 지나가기. 얿아는 행인 4인 것처럼 지나간다. 이 광막한 우주에 떨어진 낙엽 한 잎처럼. 낙엽이 부서지며 미미한 소리를 냈지만 아무도 귀기울여 듣지 않는다. 심지어 자신조차도.

　우리는 서울이라는 한 나무에 매달려 살아간다. 행인 1과 행인 2는 멀다. 그렇지만 고통의 번개가 치고, 공포를 동반한 뇌우가 몰려오고, 연기가 치솟고, 우리가 매달린 나무의 밑동에 누군가 도끼를 가져올 때 우리는 한날한시의 주검에 매달린, 누군가의 수중에 매달린 운명의 공동체였다는 것을 안다. 모를수록 좋을 그것을 안다. 지하철이 급정거하고 불빛이 어두워지자 모두들 자신들의 임시 거처인, 그러나 공동 운명체인 이곳을 한 바퀴 훑어본다. 마치 같은 우물에 빠진 사람들처럼. 그러다 행인 4와 행인 5의 눈길이 마주친다.

운명의 지휘자

그는 비명의 지휘자다.

그는 비명의 코러스를 지휘한다.

그는 여느 악단의 지휘자와는 달리

코러스의 뒤에서 지휘한다.

그는 소프라노의 비명을 특히 좋아하는데

소프라노가 날카로운 아리아의 첫 소절을

지르며 가족의 품 밖으로 떨어질 때

엑스터시를 느낀다.

왜냐하면 그걸 신호로 합창단의 알토, 테너, 바리톤이 뒤따라 소

리를 내기 시작하기 때문이다.

합창이 길수록 소리가 클수록

그는 성공한다.

그는 또 여느 지휘자와는 달리 숨어서 지휘하길 즐긴다.

물론 악보가 따로 있는 건 아니지만 그의 지휘는

정평이 나 있다.

우리 중에 어느 누구도 살아서 그의 얼굴을 본 적은, 또는 보게 될 일은 없지만 말이다.

않아는 해마다 생각한다. 그가 올해에 지휘한 곡이 그중 가장 심했다고.

미나리 흔들기

봄이 오면, 봄이 오는 기색이라도 보이면. 수레에 미나리를 하나 가득 담아 차디찬 개울에 가서 씻고 싶다.

손이 빨갛게 되도록 개울물이 차가워도 좋겠다. 푸른 잎을 물속에 넣고 흔들어보고 싶다.

부슬비가 조금 내려도 좋겠다.

멀리서 자동차 지나가는 소리가 들려도 좋겠다.

머리가 다 젖어도 좋겠다.

강둑에 검은 염소가 미친 여자를 바라보듯 앉아를 바라보고 서 있어도 좋겠다.

그냥 앉아는 초록색 이파리들을 물속에 넣고 마구 흔들어버리고 싶다.

그렇게 지나가버린 처참한 올해를 씻어버리고 싶다.

거대한 침묵처럼, 그 속에 아무것도 들어 있지 않은 것처럼 지나가며 우리를 위장하던 시간의 잔인을 씻어버리고 싶다.

파르르파르르 떨리는 봄의 눈썹을 그렇게 눈물처럼 맑은 물에 씻고 싶다.

얼음 속에 감추어두었던 불확실성을 그렇게 씻어내고, 채반 가득히 올린 싱싱한 초록 세상을 맞이하고 싶다.

뭐하세요 물으면 미나리 씻어요! 하면서 눈물 그렁그렁한 눈을 들어 지나가는 사람들에게 대답하고 싶다.

새봄이 오면.

선생과 학생

학생으로 산 것보다 선생으로 산 것이 더 오래되었다.
그러나 속의 학생은 영원히 사라지지 않는다.

선생은 먼저 사는 자이다.
삶을 보이는 자이다.
선생은 무당에겐 몸신이다.
선생은 문자 그대로 먼저 살다 죽었지만 돌아온 사람이다. 귀신이라는 뜻이다. 않아는 않아가 선생인 것이 무섭다.

않아는 않아의 학생들 앞에서 먼저 살고, 먼저 죽는 자가 될 것이다.
않아는 죽음을 보이는 자가 될 것이다.
않아는 않아의 벌거벗은 죽음을 보여줘야 할 의무가 있다.
그렇지만 않아의 속에는 절대로 사라지지 않는 학생이 살고 있는데
어떻게 선생이라는 어른이 될 수 있단 말인가.
아무래도 않아는 선생의 자격이 없나보다.
먼저 살다 간 변덕쟁이 소녀라면 몰라도.

먼저 상을 받는다는 것도 이와 같다.

먼저 살고 먼저 죽을 자가 된다는 것을 의미한다.

어떤 상의 수상자를 결정하고 돌아와서 든 생각이다.

KAL

1

아버지가 행불자가 되고

엄마가 시집가자

큰딸은 부산에

아들은 프랑스에

작은딸은 미국에 살았다.

막내는 아직 찾지 못했다.

공항에서 우선 세 형제가 부둥켜안았다.

작은동생이 오빠가 입을 조끼를 짜 왔다.

작은동생이 백조가 된 오빠를 둔 소녀처럼 노래했다.

가시로 짠 옷들이 나를 찔렀어.

달님의 낫도 나를 찌르고

별님의 못도 나를 찔렀어.

나는 솜이 삐져나오는 구름 의자에 앉아

부푼 손가락에서 떨어지는 핏방울로 옷감에 염색을 했어.

큰딸이 말했다. 미안해 정말 미안해.
너를 먼 나라에 떠나보내서.

푸른 불길로 짠
철조망 조끼를 갈아입고
오빠가 노래했다.
나는 돼지 훈제 공장에서 일했지만
날개가 없어서 자꾸 떨어졌어.

이 나라는 부끄러운 나라야.
부끄러울까봐 부끄러운 짓을 하는 나라야.

애록은 무엇 때문에 일곱 살인데 세 살인데 겨우 한 살인데
맨살 달팽이처럼 외국 땅에 가서 시멘트 바닥을 기라고 했을까?
시장 바닥에 얼어붙은 배추 이파리처럼 시퍼렇게 떨라고 했을까?

천공을 나는 새떼의 묽은 똥이 척척 달라붙는
흰 날개로 지은 변기처럼 살라 했을까?

작은딸이 노래했다.

내 집은 휴지로 지은 집.

비가 오면 칙 소리 한번 못 내고

바닥에 찌그러졌어.

비행기들이 동생들을 싣고 멀리 날아가자

혼자 남은 큰딸이 울었다.

활주로 가득 파란 새들이 앉아 있었다.

2

공항에서 어른이 된 형제 입양아들이 다시 이별했다.

그들은 삼중의 통역이 있어야 대화가 가능했다.

그들이 떠나고 애록의 위선이 공항 화장실의 휴지처럼 남았다.

누군가가 누군가에게 수치를 강요하는 위선.

외국으로 떠나는 아기들이 탄 비행기를 타본 적이 있는가.

그 아기들의 울음소리를 들으며 휴가를 떠나본 적이 있는가.

우상 비빔밥

우리는 시에 대해 말할 때조차 늘 우상 타령이다. 우리나라 시에 대한 글을 읽었는데 다른 나라 시에 대한 문장들의 비빔밥을 먹은 듯한 느낌이 들 때가 있다. 우리의 인용 목록 중에 애록 사람이 들어 있는 경우는 드물다. 만약 애록 사람 이름이 거명되는 경우가 있다면 그는 죽은 사람이거나, 글쓰기를 멈춘 사람이거나, 그 생애가 비극적으로 알려져 신화가 된 사람이다. 외국 사람인 경우는 번역으로는 읽기 힘든 사람이거나, 애록에 지금 막 알려지기 시작한 사람들인데 그 유행이 있기 마련이다. 불쌍한 우상님들 같으니라고. 애록의 말과 글에 팔다리가 잘려 접붙여지다니. 우리가 이렇게 외국 우상 타령을 하는 것은 우리들 자신 속에 이미 숭배와 멸시의 계단이 마련되어 있다는 것을 알리는 태도가 아닐까? 시 안에서는 사상의 전개도, 생존의 알리바이도, 국가라는 측은한 망상도 우상일 뿐이다. 시인은 사유로 감각하고, 감각으로 사유하는 사람이다. 시인 안에 모셔져 있는 계단만큼 추한 것은 없다. 시인의 공화국에서는 누구나 평평하다. 애록 문인들에게 존경하는 시인을 추천하라고 하자 그 목록에서 외국 사람들과 죽은 사람들이 쏟아진 것을 보고 든 생각이다.

물고기와 가족 이야기

생선 이름을 붙인 애록 소설이 지가를 올리던 때가 있었다.

이를테면
연어
은어
가시고기
고등어
멸치
황금 물고기

물고기 제목을 지은 다음에 가족 얘기를 쓰면 좋겠다.
이상하게도 지구인에게 가족 얘기를 시키면 바늘로 찔린 듯 운다.
아무래도 지구인에게 가족은 바늘인가보다.
혹 울지 않더라도 가족 얘기에 위악적으로 구는 사람들이 있다.
다가오는 바늘에 굳은살을 쑥 내밀고 큰 제스처로 방어한다.
이런 유형 중 한 사람이 않다.

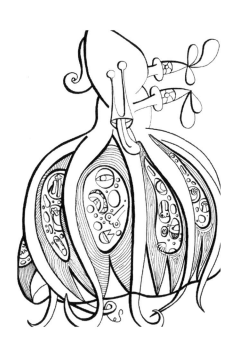

물고기 제목의 가족 이야기를 써야겠다.

앓아는 누워서 한 편의 소설을 공상한다.

이제 애록에서 소설 제목으로 남은 것은 오징어나 꽁치, 갈치, 문어밖에 없다.

해삼, 멍게 같은 것도 괜찮을까?

우리 부모님들이 소설 속의 어류로 환생해도 윤허하실까 등등.

세 여자

오랜만에 세 여자 친구가 만났다.
우리는 근황을 나누었다.

그것을 종합하면 이랬다.
미쳤대.
의심한대.
헤어졌대.
아프대.

정상의 세계와 비정상의 세계로 나누어진 세계에서 비정상의 세
계로 끝없이 실패해가는 우리의 시간들.
그리하여 마지막에는 비정상으로 끝나는 세계.
정상적인 사랑이 어디 있으며, 정상적인 죽음이 어디 있겠는가.
사랑한다고 하면서 우리는 자신만 사랑해달라고 하지 않았는가.

우리는 우리의 미래를 나누었다.

끝없는 재난을 나누었다.

과거를 추측하고, 미래를 기억했다.

생각은 죽고, 경멸은 치솟고, 꿈은 깨어지고, 시간은 비루해지고, 수치는 커지고, 결국 체념이 최종 승리를 거두리라. 우리의 몸에서 따뜻함을 빼앗기리라.

강제로 음식물이 들어가는 관을 콧구멍에 끼우고.

강제로 숨이 들이쉬어지는 투명 마스크를 뒤집어쓰고.

그리고 기계들과 거친 손 아래서.

가슴속에 자갈이 꽉 찬 기분이 되었다.

대흥사

배고픈 중이 달밤에 달그락달그락

산중을 걷고 있는데

먹을래? 먹을래?

달이 천 개 만 개 나와선 중에게 물었대요.

그래서 배고픈 중이 그 달을 밤새도록

하나씩 하나씩 뜯어먹었대요.(에이구 숨차라.)

그런데 아침이 되어

중이 절에 도착해보니

아무도 그 중이 누군지 모르더래요.

글쎄 그 중이 하룻밤 새

한 천 년 산 것처럼 늙었더래요.

얼마나 달을 많이 먹었으면

그리되었을라나.

그믐밤 너무 어두워서

지나가는 자칭 땡추 스님 장삼 자락 앞세워

줄줄이 암자로 올라가는 사람들 옷깃들 이어 잡고

두륜산 오르고 있는데

일행의 맨 앞에 서서 스님 장삼 자락 낚아챈 않아더러

길안내 노래나 하라기에

떠오르는 대로 이야기 하나 만들어 들려주었더니

땡추 스님 가라사대

듣자 하니 보살님 말씀은 말끝마다

은유와 상징입니다, 그런다.

그래서 나 그런 것들 세상에서 제일 싫어합니다, 그랬더니

땡추 스님 가라사대

자기는 그런 거 없으면 이 세상에선 굶어죽고

저세상 가선 맞아 죽는단다.

아침에 대흥사 공양간에 가서 아무리 찾아도

어젯밤 그 스님이 보이지 않는다.

사실 얼굴은 못 보고 목소리만 들었으니 찾을 수 없다.

다만 아침 공양중에 초의 스님이 도 닦던

성도암이란 암자가 절 남쪽에 있는데

그 성도암에는 바위틈에서 쌀뜨물 같은 약수가 나온다는 얘기를
들었다.

원래 그 물구멍에선 쌀이 하루에 일인분씩만 나왔었는데
어느 스님이 더 나오라고 작대기로 쑤셨더니 그만 쌀이 안 나오고
뜨물만 나온다는 얘기를 들었다.

고독이라는 등뼈

풍선처럼 부푼 빨간 겨울 점퍼를 입고 비니를 쓰고

그가 한강을 걸어간다.

하루에 네 시간씩 걸어간다.

앓아를 만난 그가 말한다.

시인은 고독이 등뼈입니다.

나는 그 등뼈에 붙어 살아갑니다.

내 등뼈에서 시가 나옵니다.

빨간 바람을 가득 품은 점퍼를 입은 그가

쏜살같이 걸어간다.

추운 겨울날 하루에 한 번 한강변에 나타나는

빨간 짐승처럼 그가 지나간다.

시를 중얼거리는 그가 지나간다.

목구멍 속에 시인이라는 천형을 낙인찍힌 지 오래인 그가 중얼중
얼 걸어간다.

내 이름과 네 이름

누가 위급해서 나 좀 살려주세요 할 때와
앓아 이름을 콕 집어 부르면서 나 좀 살려주세요 할 때

물론 앓아의 이름을 부르며 살려주세요 할 때
더욱 심장이 떨릴 거다.
그리고 목숨을 버릴지언정 이불 속을 박차고
그 목소리의 주인공을 구할지도 모르겠다.
앓아의 이름이 외쳐졌으니까.

〈바바라〉는 이름에 대한 영화다.
바바라는 지방으로 좌천된 동독의 의사다.
그녀는 동료 의사에게 환자의 이름을 부르라고 부탁한다.
그들이 환자의 이름을 부를 때마다
환자들의 구체적 삶의 디테일이 솟아오른다.
그 체제는 '이름 부르기'를 지웠었나보다.
'바바라, 살려주세요' 환자가 이름을 부를 때

그녀는 자신에게 주어졌던 서방에로의 탈출 기회마저 양보한다.

바바라가 부르는 이름은 환자의 이름이라는 단독자를 지시하는
것만이 아니다.
그 부름은 한 사람의 이름을 호명하는 것이면서 동시에 자유라는
혹은 타자라는 광활한 대륙을 부르는 외침이다.

거대한 전쟁의 소용돌이에서 살아남았든 죽었든 자신의 이야기에
이름을 붙여 세상에 내놓은 사람의 이름과
그 사람들의 이름을 가리고 그 사람들의 이야기를 옮겨 쓴 작가의
이름과
가스실에서 한꺼번에 죽어간 사람들의 이름은 다르게 느껴진다.
이름 부르기를 착취한 자는 누구인가.

시와 국가는 반대말이다.
국가는 국민의 이름을 하나하나 불러줘야 할 의무가 있고, 시는
그 이름을 하나하나 침묵 속에 넣어줘야 할 의무가 있다.

시인의 이름

누구를 위해 시를 쓰느냐는 질문을 받을 때가 있다.

시는 '위하여' 쓰지 않는다. 시는 목적어로 이름을 두지 않는다.

시는 이름을 버린 자가 하는 말이다.

시인은 시 속에서 제 이름을 벗어나 이름 붙일 수 없는 가냘프나 광활한 무엇이 되려고 한다.

(저자가 누구인가, 내가 나를 불러도 돌아보지를 않는구나).

시 쓰는 자의 이름이 추락하면 그제야 시가 부르는 이름들이 오롯이 살아난다.

이름이 지워진, 다른 곳.

'내'가 이 세상을 살고 난 뒤 깜깜한 그곳으로 사라져가고

그 누구도 '나'를 기억하지 못할 그 시간에 도착한 것 같은.

그 시간을 이곳에 부르는 끝없는 환기. 그 시간 속에 거하는 자의 불안.

'내'가 나를 알아볼 수 없는 곳. '내'가 일인칭이 아닌 곳.

'내'가 육인칭이고 칠인칭인 곳.

사물마저 허구인 곳.

연옥의 그늘에 숨어서 '나'를 불러보지만, 이게 누구신가 결국 '내'가 '나'를 알아보지 못하게 되는 곳.

시의 '나'는 '나'와 '나 아닌 것' 사이에 있는 어떤 틈을 부르는 지칭이다. 이름 아래 태어났지만 이름을 잃은, 그래서 '나'라는 사후事後의 발견. 사라진 경험의 조각들. 잔해들. 먼지들. 그 뿌연 안개 속에서 '나'라고도 부를 수 없는 '내'가 걸어간다.

'나'는 모르는데 느낌으로나마 알고 있는 것만 같은 그 열망의 세계. 시시각각 모양을 바꾸는 뭉게구름처럼 이름이 하얗게 지워지는 그 세계.

이름의 나라에 환기하는 무위의 행위. 침묵의 비밀. 부재의 퍼레이드. 이름을 벗음으로써 비로소 아름다워지는 그 어느 세상의 망각. 부재의 황홀경.

그 연약하나 광대무변인 세계를 지어올리는 손길에 대하여.

앓아의 아내

밤은 깊어가고
배고픈 새는 힘없이 울고
마른 나뭇잎들은 아직도 매달려 바스락거리고
어둠 속의 쥐들이 때를 기다리는
스산한 밤.

누가 앓아를 식탁에 앉히고
하얀 냅킨을 받쳐준 다음

수프를 끓이고
가느다란 소금을 뿌려서 간을 맞추고
과일을 쪼개고
고기를 다지고
냄새를 피우고
마음씨 고운 아내처럼 정이 담뿍 든 유모처럼
앓아가 먹나 안 먹나 숨어서 봐주고

미소를 짓나

행복해하나

관심을 가져줬으면 좋겠다.

않아에게도 그런 아내가

일생 한 번이라도 있었으면 좋겠다.

도무지 숟가락도 꺼내놓기 싫은 배고픈 저녁.

공상의 저녁을 먹어보는 저녁.

데스 메탈과 고아 소녀

눈이 며칠 펑펑 쏟아지고 난 다음
데스 메탈이 고아 소녀를 만나러 갔다.
둘이서 눈길을 걸어갔다.
소녀는 조그맣고
빨간 코트를 입고 흰 모자를 썼다.
소녀는 흰 눈 쌓인 거리의 빨간 자두처럼
혹은 빨간 등불처럼
조심스러웠다.
소녀 곁의 데스 메탈은 어떻게 걸음을 떼어야 할지
어떻게 입을 열어야 할지
어떻게 이 공기를 맞아들여야 할지 알지 못했다.

그들은 그렇게 손도 잡지 않고 걸어갔다.
데스 메탈이 살얼음으로 만든 분홍 치마를 입은 것 같은 고아 소
녀에게 말했다.
무엇을 좋아하니?

고아 소녀가 대답했다.

아무것도.

태양도 없는 거리에서

추위가 몰아치는 거리에서

데스 메탈은 소녀에게

너는 내 심장이야, 라고 말했다.

그러자 고아 소녀가 말했다.

심장이 어째서 고아원에 살아요?

그렇게 부녀는 가야 할 곳도 없으면서

갈 곳을 찾아 걸어갔다.

노인은 왜 아이가 될까?

살아보니 별것 없어서다.

별것이 다 지나가서다.

어른처럼 살아갈 필요가 없어서다.

어른처럼 살아온 것이 후회가 되어서다.

젊음마저 초월해서다.

스스로가 왜 이렇게 되었는지 혼란스러워서다.

살아보니 나 아닌 다른 자가 되어서다.

정형외과 대기실 소파 위에서

할머니가 조그만 목소리로 어릴 때 불렀던 창가를 부른다.

다리를 흔들면서.

치매에 걸렸나 했더니 치료도 잘 받고 간호사와 얘기도 잘하고

약국 가는 길도 묻고 다 잘한다.

그러더니 옆에 앉은 할머니와 얘기를 나눈다.

일단 애록 노인답게 통성명은 안 하고 나이부터 파악한 다음에

죽음이 무섭다는 얘기를 나눈다.

얘기를 나누지만 서로에게 상대방이 있다는 것은 인정하지 않는

것 같다. 자신의 얘기만 하는 것 같다.

그러고 보니 겁에 질린 표정이다.

그리하여 노인은 왜 아이가 될까?

미래에서 소외될까봐서다.

과거에서 이미 소외되었는데 미래에서 소외되지 말란 법이 있겠는가.

한자 老늙을 로는 머리를 길게 기른 아이 같은, 신을 모시는 특권을 가지고 있는 사람의 모습이다.

신을 모신 줄도 모르고 신 가까이 간 사람의 모습이다.

그럼에도 노인은 왜 아이가 될까.

우리의 영혼이 본래 아이이기 때문이다.

영감이란 무얼까

학생이 말했다.
영감이 떠오르지 않아서 과제를 못 했습니다.
참 오랜만에 영감이란 단어를 들었다.
그렇다. 글자로 옮기기 전의 시만큼 좋은 시는 없다.

시는 '나'가 다른 존재 상태에 머물 때 써진다.
시는 '나'를 다른 존재 상태로 이끌고 간다.

시는 시적 조건이라는 다른 세상에서 발생한다.
물론 발설의 기제가 되는 것은 윤리적 분개와 존재론적 소외일 때
가 많고,
그 상상력의 진행은 정치적일 때가 많다.
그 분개가, 그 소외가, 그 소망이 '나'를
다른 상태에 존재하게 한다.

시는 다른 존재의 전개이며

다른 상태의 침잠이다.

고요의 외침이다.

영감이란 '나'라는 타자의 말을 들은 자의 답장이다.

그 대답의 불가능성이다.

그래서 시 한 편을 다 완성하고 나면

시 속의 '나'는 사라지고 없는 것이 마땅하다.

다 마시고 난 다음 잔에 붙은

점을 칠 수 있는 만큼의 찌꺼기 정도만큼 '나'를 남길 수 있다면

다행이겠다.

나에게도 콘솔이 한 대 있다면

가슴속을 스치는 작은 회오리바람.

머리를 전기 망치처럼 가격하는 번개의 환한 줄.

앉아의 손끝에서 시작해 화성으로

순식간에 가버린 촌철살인의 시구,

그런 것들을 저장해주는 기계가 있다면.

이를테면 천장 높은 방에 드럼 키트를 설치하고

마이크들을 빙 둘러 설치한 다음

목소리와 악기 소리를 섞기 시작하는 것처럼.

생생한 소리.

숨을 데가 없이 투명한 화음.

베이스, 기타, 드럼이 서로 간격 없이 뭉쳐지는

이런 것을 섞어주는 니브 보드가 있었던

사운드 시티 같은 곳이

시인들에게도 있다면.

버튼이 천 개 만 개 달린 채 그 단추들이

리듬과 언어와 한숨을 섞어

저 우주로 날아가려는 것을 감아주는 레코드 콘솔이 있다면

펜으로 글자를 잡는 시시한 노동은 하지 않아도 될 텐데.

지지리 궁상은 떨쳐버리고 깨끗하게

시 따위 잊을 수 있을 텐데.

앓아한테도 그런 콘솔이 한 대 있다면.

내 몸은 무엇으로 만들어졌는가

우리의 몸이 처음 세상에 올 때, 어쩌면 태중에서 형상을 만들어
갈 때

뇌가 만들어지고 심장이 만들어지고 발가락이 분화되어갈 때

그때도 우리는 소리와 냄새와 형상을 따로 구분해서 느꼈을까?

아마도 그때 감각은 분화되지 않고 하나였을 거다.

깜깜한 물속에서 하나로 뭉뚱그려진 엄마의 오감이 우리의 몸이
되고 있었을 거다.

엄마의 몸밖에서 들려오는 소리가 형상이 되고, 엄마의 몸에서 나
는 소리가 기능이 되는 통합의 감각이 있었을 거다!

눈감고 주먹을 웅크린 채 몸을 만들어가는 작용이 있었을 거다.

마치 오케스트라처럼 엄마의 감각이 꿈이 만든 현실처럼 태아에
게 몰려왔을 거다.

청각은 피아노처럼

시각은 바이올린처럼

미각은 첼로처럼

촉각은 클라리넷처럼

후각은 트롬본처럼

그렇게 몰려온 교향곡이 어느 땐 팔이 되고, 어느 땐 발가락이 되었을 거다.

어느 땐 간이 되고, 어느 땐 콩팥이 되었을 거다.

물속에 뜬 손톱만한 조그만 북처럼 심장이 시작되었을 거다.

소리가 온전한 몸으로 익어갔을 거다.

감각으로 하나된 세계가 있었을 거다.

감각이 곧 세계인 공장이 있었을 거다.

않아의 리바이어던

달리는 차창에 비둘기가 날아와 몸을 부딪힌다.

아주 큰 소리가 난다.

그러나 그러고도 비둘기는 날아간다.

뇌진탕이라도 일어났을 것 같은데.

다시 가다보면 치어 죽은 고양이를 만나거나 개를 만난다.

산길을 달리다가는 내장이 나온 노루를 만난다.

며칠 동안 같은 장소를 지날 때마다 죽은 고양이의 얼굴을 본다.

잊고 있었던 나쁜 생각처럼 고양이의 사체를 만난다.

을숙도에 내려앉은 새 수만 마리를 개 한 마리가 다 날아올릴 수

있는 것처럼

않아는 잠재적 리바이어던이다.

않아는 등허리에 길게 달린 지퍼를 열고 않아의 리바이어던을 꺼

낸다.

꾸역꾸역 나온다.

세상에 꽉 차도록 나온다.

않아는 지퍼를 다시 잠그고 가던 길 간다.

오만한 영어님

시 낭독이 끝나자 미국인 학생이 물었다.
영어로 시를 쓸 생각은 없느냐고.
낳아는 대답했다.
없어요.

학생에게 친절한 대답을 하고 싶진 않다.
여긴 미국이니까.
낳아는 지금 그들이 등록금 내고 다니는 대학에서 시를 읽고 있으
니까.

너는 두 가지 언어로 시를 쓰는 시인을 본 적이 있느냐고 묻고 싶
지만 그만둔다.
한 언어는 하나의 세계, 하나의 우주인 걸 모르니? 묻고 싶지만 그
만둔다.
예를 들어 바다처럼 넓고 깊은 애록어를 펜촉으로 끄적거리며
언어의 광대무변에 매일 절망하는 낳아인데

애록어의 우주를 필생 파헤치는 것이 시인의 운명인데, 외국어라 니?

않아는 그 학생에게 여러 가지 대답을 하고 싶지만 없어요! 그런다.

미국인들은 영어 아닌 글과 말은 읽기도 듣기도 싫어한다지 않은가.

번역 소설도 읽기 싫어한다지 않은가.

않아도 남들처럼 그렇게 미국인을 단정적으로 말하고 싶었지만 그만둔다.

그리고 다음 질문, 하고 외친다.

나중에 낭독 끝나고 미국 선생님이 말한다.

애록에서 영어 좀 한다고 알려진 애록 작가들이 미국에 와서 낭독 하거나 질의 문답할 때 영어 좀 하지 말았으면 좋겠어요. 전문 통역 이 있는데 굳이 그럴 필요가 있나요? 그들은 애록 언어 국가에선 대 통령보다 높은 사람들 아닙니까?

꼭 천박한 단어 하나나 두 개가 튀어나오거든요. 그러면 수준 확 떨어져 보이거든요. 이래저래 오만한 영어님 같으니라고.

포화 속의 레시피

선생님은 형님네 집 다락에 숨어 계셨다.

전쟁중이어서 군인들에게 잡혀갈까봐.

형수님이 몰래 넣어주는 밥을 먹으며.

배설 욕구는 어찌했는지는 여쭤볼 수 없었다.

근엄하신 선생님이시니까.

선생님은 다락에서 형수님의 일본어판 『세계요리대백과』를 읽으
셨다고 했다.

읽고 또 읽어서 지금은 전 세계 웬만한 요리의 레시피를 다 알고
계신다고 했다.

요리책을 다 읽고 난 뒤에는 각국의 요리를 섞어서 이른바 퓨전요
리를 상상하셨다고 했다.

선생님은 다락에서 미각적 상상의 세계에 잠겨 계셨다고 했다.

그래서 지금은 언어로는 세계의 모든 요리를 하실 줄 안다고 했다.

그래서 선생님과 식당에 가면 선생님은 늘 요리사와 대화를 나눈다.

우리가 모르는 여러 나라의 양념들에 대해서도.

하지만 부인이 부엌 출입을 금해 단 한 번도 요리를 해보신 적은 없다고 했다. 오늘 식당에선 요리사가 어떻게 지금은 아무도 요리하지 않는 그 요리를 아시느냐고 펄쩍 뛰며 좋아했다. 역시 선생님은 먹어본 적 없는 요리의 대가셨다.

비굴의 장르

지하철을 타고 있으면 우선 '하지 말라'는 명령들이 하달된다.

조금 가다보면 '신고하라'는 명령이 하달된다.

또 조금 가다보면 '유의하라'는 명령도 하달된다. 물론 '예의를 지켜라' '조심하라'도 있다.

무한히 반복되는 경고들.

조금 있다보면 길들여져서 네, 네 해야 할 것 같은 생각이 든다.

그 소리들을 듣지 않으려고 책을 펼치고 있는데

책 위로 한 남자가 종이를 내던진다.

자신의 삶을 고백하는 내용이다.

고백했으니 돈을 내라는 것이다.

이 글들에도 장르의 법칙이 있다.

우선 A4 용지를 반으로 갈라야 하고, 글씨를 삐뚤빼뚤 써야 한다.

태생부터 장애나 병을 얻기까지가 기술되어야 한다.

선한 가족의 비극이 나열되어야 한다.

물론 자신에게 그 글을 대신 써주거나, 구걸을 강요하게 한 조직의 모습은 보이지 않게 해야 한다.

글의 뒤에 있는 무서운 폭력은 감추어야 한다.

그래야 비굴의 장르는 완성된다.

그의 배에는 돈 가방이 걸쳐져 있다.

그의 연설은 길지만 그의 말은 입안으로 말려들어간다.

지하철의 승객들은 그의 말을 듣지 않는다.

수화기를 들고 나 여기 가고 있다고

이제 동작역을 지나고 있다고, 이촌역을 지나고 있다고.

연설자가 바구니를 들고 지하철의 한가운데를 천천히 걸어간다.

정치가가 트럭 연설대에서 연설을 한다.

정치가의 머리 위에는 그의 이름이 적힌 플래카드가 나부끼고 있다.

제 이름을 적어놓느라 우리의 하늘과 벽을 제일 많이 더럽히는 사람들이다.

제 이름을 외치느라 우리에게 제일 많은 소음 공해를 일으키는 사람들이다.

우리에게 구걸하고서는 곧 우리를 억압한다.

우리의 돈을 갈취해 자동차 트렁크에 넣고 다닌다.

길 가던 누구도 애록의 어딘가가 병들었다는 그의 말을 들으려 하지 않는다.

그의 연설도 비굴 장르의 법칙 아래 있다.

연설자는 지하철의 연설자처럼 다음 사거리로 간다.

구걸하다가 드디어 명령하는 자가 되는 사람들.

글을 써나가면서 점점 더 우뚝 선 자신의 몸맛에 길들여지는 사람들. 그들의 침이 옷깃에 우수수 떨어진다.

센티멘털대왕 치세

애록에서 예술가로서 성공을 거두려면 우선 감상주의의 치세에 들어가야 한다.

일단 눈물이 살짝 맺히게 해야 한다.

눈물이 맺히게 하려면 가족, 민족, 국가 순으로

그것의 훼손과 봉합과 상처에 대해 다루어야 한다.

애록적 낭만주의는 국가와 민족을 내세워 애록적 감상주의를 가동한다.

애록에선 가슴에 와닿았다나 먹먹했다가 예술에 대한 찬사로 가장 큰 것일지도 모른다.

신비주의나 감상주의는 예술에 대한, 혹은 그것을 향유하는 사람에 대한 모독일 수 있다.

감상주의는 감수성을 필요로 하지 않는다.

감수성이란 죽음을, 부재를 선취한 자의 영혼의 심화가 아닌가.

감상주의는 비극을 지켜보기만 하지 고통을 겪고 싶어하지는 않는다.

감상주의는 희망 고문에 스스로를 내주고 우는 괴로움이다. 낭만

주의의 하수이다. 가슴이라는 허구의 집으로 유혹하려는 손길이다.

감상주의는 공허한 욕망의 내밀한 위장이다. 하찮은 영혼의 증명이다.

있는지 없는지 모를 자아를 끝까지 포기하지 않는 자의 나르시시즘이다.

감정에게 문학의 자리를 내주고 창작을 포기한 자의 한탄이다.

감상주의는 생각 이전의 향유다.

그들은 고요하게 침묵하면서 고통을 견디는 작품과는 거리가 멀다.

그들은 독자의 신경계와 눈물샘을 포기하지 않는다.

감상주의는 사건의 핵 속으로 다가가지 못하게 하는, 영원히 테두리만 밟게 하는, 감정으로 친 장막이다. 그 장막의 관객으로 추락시키는 그물이다.

감상주의를 포기하라는 것은 독자라는 트로피를 포기하라는 말과 같을지 모른다.

민족주의나 국가적 사건에 감상주의를 섞으면 아주 좋다.

그/그녀는 존경받을 만한 지식인이 되고 그의 집은 순례지가 된다.

그/그녀는 그 순례지 팻말을 감상주의의 대왕 치세에 충성함으로써 훈장으로 받은 거다.

작품으로 우리를 불편하게 하고, 자신에게 닥쳐오는 신비주의를 피하여 도망 다닌 사람.

감상의 연대를 거부하다 혼자 사라져가는 것은 인생의 낙오인가?

권태

 않아가 않아인지, 않아가 응시하는 것이 않아가 응시하는 것인지, 않아가 살아간다는 이 삶은 않아의 삶인지 의심스럽다. 않아는 과연 않아를 살아내고 있나, 단지 삶 옆에서 이렇게 뭉개온 건 아닌가. 않아는 낯선 곳에 낙하산을 쓰고 비상 착륙한 조종사처럼 책상 앞에 앉아 있지만. 그 무엇도 새롭지 않다. 하나님은 패턴에 대한 크나큰 강박이 있다. 우주도 그렇고, 시간도 그렇고, 삶도 그렇지 않은가. 하나님의 패턴은 왜 늘 반복인가. 변주인가.
 생각한다는 것은 갇혀 있음을 깨닫는 것과 동의어가 아닐까. 생각할수록 문을 열고 나가도 감옥이라는 것을 깨닫게 되는 것이 아닐까. 부조리 감옥에서 간수가 다가오는 것을 느끼는 것, 그 이상도 그 이하도 아닌 것이 아닐까.
 우주의 생물이 다 멸종하고 홀로 이 지구라는, 애록이라는 넓디넓은 감옥에 수감된 기분, 혹은 영원히 불멸하는 우주가 영원히 정지해 있는 것 같은 기분, 열심히 자전거 바퀴를 돌리고 글을 쓰지만 늘 제자리에 있는 기분, 아침 일찍 일어나 밤늦게까지 작업하지만 이것이 무용의 노동이란 것을 깨달은 사람의 기분, 모든 동사나 명사에

'않아'나 '아니'를 붙여놓고 앉아 있는 기분, 몸 안팎의 모든 성분들이 권태로 구성된 기분, 세상이 권태라는 백색 물질로 조성된 기분, 백색 거성이 소멸하면서 투척한 권태 바다, 권태 하늘, 권태 바람.

그러나 권태 속에 얼굴을 가리고 숨어 있는 무無에 붙들려 불가능성에의 투척을 소망해본다. 오히려 권태 속에 무한에 투척당하는 순교가 있는 것은 아닐까 생각해본다.

대담한 결심

않아는 오늘부터 모든 시에 욕 하나 쓰고 시작하려고 한다.

않아는 오늘부터 모든 문서의 뒷장에 욕설 하나씩 써서 상관에게 제출하기로 한다.

그 가수의 노래 테이프를 거꾸로 돌리면 저주의 말이 들린다는 소문이 있었듯이.

않아는 오늘부터 일어나자마자 시원하게 욕부터 한마디 내뱉고

하루를 시작하고자 한다.

완벽한 체념을 배우지 못한 않아에 대해.

절망에 빠져 작품을 묻어버리지 못하는 않아에 대해.

나머지 공부 시간에 반성문을 쓰는 아이처럼 글을 써나가고 있는 않아에 대해.

날마다 계단을 내려가 난파하면서도 아직 무無가 도착하지 않았다고 생각하는 가련한 믿음에 대해.

않아가 쓰는 글이 않아에게 닥쳐온 타자들과 세상의 번역이라는 공허한 믿음에 대해.

않아가 구축한 시가 않아를 않아 아닌 것으로 파괴해버렸다는 서글픈 회상에 대해 .

신경성 불안, 자율신경실조증, 저혈압, 3차 신경통, 전정기관 이상, 두통, 어지럼증 등등의 진단을 돌려주려면.

음악의 존재

음악을 듣고 있으면 또다른 세계의 존재 방식에 대해 생각하게 된다.

높낮이가 있고, 부분이 있고, 전체가 있는 곳.

대위법과 화성악, 멜로디로 짠 너울성 파도가 있는 곳.

무한한 세계이지만 순간적으로 사라지고 마는 곳.

강연을 듣는 중에 않아는 음악을 듣고 있다.

않아는 단상에서 말하는 사람이 싫다.

않아도 가끔 단상에 올라가 축하한다느니, 잘해보자느니 말을 해야 할 때가 있다.

그럴 땐 그 자리에서 딱 증발했으면 좋겠다는 생각이 든다.

주먹을 꽉 쥐고 유체 이탈해 단상에 올라간 않아를 바라본다. 한심하다. 가엾다. 어리석다.

음악을 들으며 노란 꽃이 핀 나무를 상상하자

노란 금관악기 한 대가 세계를 다른 물결로 채우기 시작한다.

굴뚝에서 노래하는 연기가 치솟고, 그 세계가 무한히 펼쳐진다.

단상에서 말하는 사람의 얼굴이 스테인리스 가면을 쓴 듯하다.

모여 앉은 사람들의 얼굴에 순간적으로 스테인리스가 흘러내린다.

않아는 단번에 언어를 내버린 한 세계를 탐험한다.

리듬에 잠긴 한 세계를 내 안에서 다시 구축해본다.

않아가 다시 흘러내리는 계곡의 물을 상상하자

물에 빠져들어갈 때처럼 숨이 탁 멎는다.

않아는 눈을 게슴츠레 뜨고 이 회의실 부근에 존재하는 또다른 세계를 만끽한다.

나무와 꽃과 물결과 바람과 풍경은 저마다의 시간과 리듬을 갖고 있다.

그들 속에서 씨앗들이, 시간들이, 풍경들이 저마다의 음악을 연주하고 있다.

리듬들이 섞이고 있다. 부딪히고 있다. 화합하고 있다.

음악의 환한 빛 속에서 스테인리스 공간을 내다본다.

음악은 시간 속의 시간으로 소임을 다했다.

강연은 이제 끝을 향해 가고 있다.

결혼행진곡

사랑은 왜 늘 사선일까, 늘 엇갈릴까.

무대 위에서 여자들은 왜 스스로 비극의 여주인공이 되려 할까.

여자들은 왜 그 순간의 무대에 서는 걸 좋아할까.

나무 이파리 똑똑 따듯 행복이 따질 거라 착각할까.

여자들의 복수는 왜 메디아처럼 자신과 자식들을 향할까.

그다음엔 내면에서 살이 까지고 피가 터질까.

여자들이 기꺼이 올라서는 불행의 무대.

조명이 꺼질 걸 알면서.

싱크대에 엎드려 양파나 깔 걸 알면서.

왜 그 무대로 올라설까.

슬픔이라는 메달을 목에 거는 걸까.

않아는 결혼행진곡이 세상에서 제일 슬픈 곡이라 생각한다.

꽃이 만개한 카펫 위를 일 분간 걸은 다음 도열한 사람들의 박수 소리 속에 파묻혀 폐위되는 순백의 공주.

이제 절대로 잡을 수 없는 행복이라는 비루한 것 앞에 울먹이는 여자가 되리라.

심장을 감옥에 가두게 되리라.

그리고 행복이란 2차원 청첩장에 그려진 것이어서 3차원의 여자는 가질 수 없는 것이라는 걸 짧은 시간 안에 깨닫게 되리라. 이제 인형놀이의 종이 주인공들은 구겨지리라.

그리고 환멸의 식탁을 차리는, 유리 구두를 신어보기 이전의 신데렐라로 평생 몰락해가리라.

천 개의 손을 펼쳐 집 안팎의 모든 기물들을 닦아줘야 하는 천수관음 청소관음이 되리라.

그리고 영원히 일 분간 행진해가던 그곳의 이전, 신뢰도 사랑도 바라지 않아 더욱 빛나던 그곳으로 돌아갈 수 없으리라.

늙은 딸들

엄마가 죽어서 다행이야
친구가 장례식장에서 말한다.
좀 일찍 가주셨으면 내가 더 빨리 자유인이 되었을 텐데
상복을 입은 친구가 말한다.

"엄마가 죽어서 나는 이제 자유인이 되었어."
발터 벤야민은 말했다.
고아인 페르난두 페소아가 삼촌의 장례식에서 돌아오는 길에 느
꼈던
"그 부드럽고 가벼운 해방감."
"신부님과 저의 (죽음에 관한) 편지 왕래를 축복이라도 하듯이 2월
중순의 어느 날
어머니께서 83세의 나이로 돌아가셨습니다"라고 소노 아야코는
책으로 출간되어 누구나 읽게 될 편지에 그렇게 썼다.

이럴 때 자유란 무엇인가.

이럴 때 축복이란 무엇인가.

나무에서 과일들이 이제 내 차례야
하고 그 얇은 꼭지를 비틀어 떨어진다.
하나씩 둘씩 떨어진다.
태풍이 불면 더 빨리 떨어진다.

그 자리에 다시 매달리고 싶었는가
보이지 않는 복숭아 씨들이
복숭아의 몸통 속에서 소리친다.
엄마가 죽어서 다행이야

전속력으로 가을이 달려오고 있다.

미래에의 감염

인류 탄생 최대의 병은 미래다.
미래가 없다면 아무도 아프지 않으리.
미래가 없다면 아무도 억울해 울지 않으리.

이 지구상에는 이 지구상에 살다 간 인간 800억 명의 미래가 우글
거린다.

그래서 그 미래에 감염된 우리가 아프다.
잘 먹으면서 더 잘 먹으려 하니까.
유명하면서 더 유명하려고 하니까.
잘살면서 더 잘살려고 하니까.

심지어 잘 죽으면서 더 잘 죽으려 하니까.

누구나 줄기차게 미래를 씹어 삼켜야 한다.
인내심이라곤 하나도 없는 미래.

기다림과 두드림은 미래의 것이다.

누구의 것도 아니고 어디에도 없는 미래가 닥쳐온다.

헐레벌떡 정상을 올라가면 거기엔 언제나 영(0)이 기다리는 곳,
미래.

매일매일 일기장에 자신의 미래를 적은 여자가 있었다.

나중엔 일하지도 않고, 잠자지도 않고 자신의 미래를 적었다.

돈을 더 벌고, 더 아름다워지고, 더 큰 무대에 서고,

급기야는 학력을 위조하고, 누군가를 청부 살해하고,

감옥에 갔다. 그녀의 핸드백이나 책상 위엔

닥치는 대로 아무 종이에나 연필로 마구 갈겨쓴 미래가 가득했다.

2월 좀비

온대에 사는 사람 중에 2월을 제일 좋아한다고 말하는 사람은 드물다.

겨울과 봄 사이에 낀 불쌍한 시절.

입시를 끝내고 마무리도 시작도 할 수 없어서 엉거주춤 덥수룩하게 길어버린 머리나 넘겨보는 계절.

그러나 겨울 햇살과는 조금 다른 햇살이 비치는 계절.

앉아는 버스 안에서 밖의 사람들을 내다본다.

겨울의 두꺼운 외투를 벗어던지지도 못하고, 그렇다고 봄옷을 꺼내 입을 수도 없어서 엉거주춤한 사람들.

동면을 끝낸 동물들처럼 푸스스한 얼굴들.

북반구의 사람들은 2월에 제일 못생겨 보인다.

기다리던 것을 더이상 기다리진 못하겠다고 안달난 사람들처럼 보인다.

연옥 앞에서 다시 이승으로 돌아가라는 명령을 받은 사람들이 귀국 기차를 기다리는 것처럼 서 있는 사람들.

이 사람들의 얼굴에는 기나긴 겨울의 죽음을 견뎌낸 자의 피폐한 한숨이 남아 있고, 일년생 생물에 대한 애도가 남아 있다.

우리는 일년생 생물이 아니지만 우리의 얼굴엔 마치 한 생을 순환해낸 것 같은 피폐함이 남았다.

우리가 지나간 겨울에 죽었던 적이 없었다면, 이렇게 기억이 희미할 수가 있단 말인가. 앉아는 버스 안에서 차창 밖을 내다보며 한숨을 내쉰다.

죽음을 지나온 것이 분명한 얼굴들이 창밖에 있다.

땅바닥에 찰싹 붙어 있다.

집들도 나무들도 비행기들도 땅에 찰싹 붙어 있다.

않아는 찍히고 싶지 않다

않아는 영화관을 떠난다.

마치 않아가 사는 세상과는 다른 세상에 들어갔다가 그 세상의 문을 닫고 나오듯이 영화관을 떠난다.

영화관에 사는 사람들을 생각한다. 영원히 소멸하지 않을 스크린에 사는 사람들을 생각한다.

밥을 먹지 않고 사는 사람들이 있었다. 몇십 년간 옷을 갈아입지 않고 사는 사람들이 있었다.

자신들이 한 세기 전에 작곡한 음악을 연주하는 후대의 사람들을 바라보는 사람들이 있었다. 네모나고 흰, 스크린 같은 눈으로 후손들을 내려다보는 사람들이 있었다. 그들이 거기에 살고 있었다. 밤에도 선글라스를 쓰고 디트로이트의 폐허에서 탕헤르의 골목까지 밤으로만, 밤으로만 여행하는 사람들이 있었다. 비록 영화 속이지만 뭔가 영원함이라는 끔찍함이 있었다. 않아는 영화관을 떠났다. 길을 건너고 난 뒤 않아는 뒤를 돌아보았다. 그리고 그들의 생각을 털어내려고 했다. 하지만 누군가 않아를 영화 속에서 살아내고 있는 것만 같았다. 않아는 이 세상을 떠났는데 누가 않아를 살고 있는 것만 같았다. 심지어 누가 않아 대신 사랑을 나누는 것만 같았다. 몇백 년째 죽지 않은 채. 살아 있으니 살아야만 하는 생물의 의무가, 않아면서 않아의 후손인 영속하는, 한 인간의 권태가 않아에게 전해져왔다. 불쌍한 않아.

않아는 같은 영화를 세번째 보았다.
단지 흡혈귀 영화일 뿐인데.
않아는 두 시간 동안 영화에 않아의 피를 빨리는 것만 같았다.

시몬 드 보부아르의 『모든 인간은 죽는다』와 버지니아 울프의 『올랜도』는 죽지 않는, 죽을 수 없는, 몇백 년이나 죽지 않는 사람을 주인공으로 다룬다. 그들의 불행을 다룬다. '이 세상에 태어나서 네가 가장 행복해해야 하는 것은 네가 미래에 사라질 사람이라는 거야'를 가르쳐주려는 여성 작가들. 어떤 여성 작가들은 왜 이런 불멸의 불행을 다룬 작품들을 쓰는 걸 좋아할까. 그러나 지금은 행복하게도 고인이 된 여성 작가들.

입원실

입원실에 들어온 아주 어린 간호사가 아주 늙으신 아버지에게 물었다.

담배는 몇 년 피우셨습니까?

오십 년 피우고 끊었습니다.

아하!

술은 몇 년간 드셨습니까?

칠십 년간 먹었습니다.

아하!

간호사의 눈이 점점 커졌다.

우물의 심연을 들여다보듯.

성생활은 어떠십니까?

관심이 없습니다.

아하!

우울하십니까?

언제나.

아하!

엄마와 않아는 깜짝 놀란다.

아버지 속에 우울이 있었다니. 감정이란 게 있었다니.

하루에 몇 분 걸으십니까?

걷고 싶지 않습니다.

아하!

우리는 처음으로 자신의 얘기를 하는 노인을 안 보는 척하면서 전심전력 보고 있었다.

아버지에게 우리는 저런 질문을 한 적이 없다.

그렇지만 간호사는 여전히 깊이를 알 수 없는 심연 앞에 서 있는 듯.

아하!

깊은 우물 속으로 돌들이 텅텅 떨어져내리는 느낌이 있었다.

품사에게도 영토가 있다면

정신질환은 아무래도 형용사를 확산시키는 부사의 영역에 기거하는 시간이 길어져서

광란이나 그 찌꺼기인 슬픔은 부사와 형용사의 영역에 함께 기거한 시간이 길어져서 발생될 것이다.

건강하다고 일컬어지는 삶은 명사에 속할 것이다.

사람들이 정상이라고 믿는 것은 명사의 영역에 속해 있을 것이다.

될 수 있으면 부사나 형용사는 돌아보지 않은 채 명사만 바라보는 삶.

명사를 제외한 품사는 모두 환각을 지시하고 있는지도 모르겠다. 명사에 조사를 붙여야만, 명사는 비로소 부드러워진다. 미셸 세르는 전치사를 천사라 불렀다.

그렇지만 시는 끊임없이 명명을 유예하는 것. 끝없이 이미지를 가동하여 명사를 추락시키는 것,

이것을 달리 말하면 부사와 형용사는 에너지를 가리키고

동사는 에너지의 움직임, 이성의 반대편으로 돌진하기.

그렇지만 물질조차 에너지로 보는 사람들이 시인이며 물리학자다. 명사조차 형용사 부사로 여기는 사람들.

생존과는 아무 관련 없는 일을 맡은 사람들. 동사 곁에 정신질환 부사를 자꾸만 놓는 사람들. 정신질환과 혁명을 착각하는 사람들이 품사를 갖고 논다. 그리하여 않아의 불안은 날마다 깊어진다.

하나의 명사가 집에서 실려 나가면 그 집을 다른 명사가 차지한다.

그러고 나면 그 집에 또다시 여러 품사들이 모여 살기 시작한다.

누구는 정상이라는 진단을 받고, 누구는 미쳐서.

세상의 의미도 아니면서 세상의 주체도 아니면서 매일매일 행해지는 자리 바꾸기.

통사적 능력이 형용사와 부사 쪽으로 자꾸만 기우는 사람들을 우리는 시인이라 부른다.

보르헤스의 틀뢴은 명사가 없는 나라다.

우주가 일종의 정신적 과정이라고 믿는 나라다.

지금 그곳

빛보다 빠르게 우리를 덮치는 '부재'가 있을 것이다.
않아가 '부재'에 붙들린 그 찰나.
않아의 '부재'는 우주를 넘어 확장할 것이다.

않아의 현재가 사라져가는 순간처럼
않아의 죽음도 그렇게 않아를 빛보다 빠르게 덮칠 것이다.

시인은 부재를 향한 노스탤지어에 시달린다.
자신이 태어나기 전의 그곳을 향한 노스탤지어 때문에
불안, 우울, 권태, 고독에 시달린다.

않아는 의사를 찾아가 말했다. 불안해요.
몸의 한가운데가 싸~~해요.
그러자 의사가 대답했다.
불안이란 것은 '상태'를 뜻합니다.
그래서 않아가 컨디션인가요?

그러자 그가 스테이트입니다라고 대답했다.

시는 '나'에서 '나'를 박리해 '너'처럼, '당신처럼' 되는 것.
그 박리의 다반사가 않아를 불안감에 빠뜨린다.
불안이 않아에게서 않아를 박리한다.
않아에게서 않아가 한없이 멀어진다.

지구에서 인간을 번식하지 못하게 할 전염병이 창궐한다면.
마치 인플루엔자에 걸린 오리, 닭들을 땅에 묻듯이
감염된 인간을 자루에 넣어 매장한다면.
그리고 지상에 남은 한 인간마저 사라진다면.
우거진 너른 벌판에 쥐들만이 남아 번창한다면.
쥐가 스스로를 가리켜 만물의 영장이라 한다면.

그때 '부재'의 왕국에 붙들려 우주 너머에서 지구를 추억한다면.
'부재'는 지구에 대한 노스탤지어를 간직한 채 무한하리라.

지금 그 무한에 우리가 살고 있는가보다.
그러지 않고서야 이렇게 재빨리 망각이 도래할 수 있겠는가.

엄마의 뜨개질

아버지의 스웨터는 풀어져서 실뭉치가 되었다. 조금 이따가 그 실뭉치는 않아의 스웨터가 되었다. 다음해에 않아의 스웨터는 다시 실뭉치가 되었다. 그리고 그 실뭉치는 다시 않아의 조끼가 되었다. 조끼는 매듭이 너무 많아 옷 위에 걸치면 가슴이나 등이 배겼다. 엄마는 실뭉치로 원피스를 짰다. 속바지를 짰다. 머플러를 짰다. 모자를 짰다. 엄마는 등을 구부리고 날마다 뜨개질을 했다. 않아는 등을 구부린 엄마가 보기 싫었다. 특이한 무늬가 짜여 들어가기도 하고, 노란색과 빨간색이 꼬여 들어가면서 황홀한 이중 배색이 되기도 했다. 엄마의 방에는 외국말로 된 뜨개질 교본이 있었는데 엄마는 그 책을 넘기기만 하면 뭔가 딱 영감을 얻었다. 그리고 바늘을 놀리기 시작했다. 바늘은 너무 빨라서 실을 돌리는 손이 보이지 않을 정도였다. 그러다 어느 순간 엄마의 손뜨개질이 딱 멈추었다. 않아는 지금에 와서야 엄마가 뜨개질을 하면서 무엇을 잊으려고 했는지, 자서전을 쓰는 것 대신에 바늘 두 개를 집어들고 무슨 풍경을 떠올리려고 했는지 생각하게 된다. 단지 옷을 입히려는 사람에 대한 애정 때문이 아니라 그 기나긴 밤시간에 무엇을 견디려고 했는지 생각하게 된다.

그리고 단지 '따뜻한 옷을 입히려고'라고 한정하는 문장으로 엄마를 규정할 수 없음을 생각하게 된다. 집의 가장 구석진 곳, 전등불 아래 어떤 '내부'에 새벽이 오도록 앉아 식구들의 '외부'를 직조하고 있었음을 생각하게 된다. 한 코 한 코 실을 감아올릴 때마다 직조되었다 사라져가는 풍경들을, 무너지는 엄마 안팎을 맴도는 서사들을.

실비아 플라스가 말하던 '매일 새벽 수면제의 약효가 떨어지는 시간, 그 새벽'까지.

땅냄새 타법

않아는 국경을 넘어갔다. 사람들이 모두 떠난 동네에서 휘몰아치는 냄새, 그의 피아노, 그의 웅얼거림, 않아는 그의 장소를 코트처럼 몸에 두르고 그의 냄새에 휘둘린다. 그리고 않아는 안다. 아무도 남아 있지 않은 땅에 혼자 남아 있는 음악이 있다는 것, 공기를 두드려 투명한 공기의 집을 지은 사람이 있다는 것. 땅을 울려본 사람이 있다는 것. 이 장소를 일평생 견뎌내야 했던 그만의 웅얼거리는 고독이 아직도 거리를 휩쓸고 있다는 것, 건반에 닿는 그만의 손가락. 그를 통과한 음표들이 어떻게 공중에 머무는지, 바닥에 닿는지, 살짝 가슴을 울리며 빗금으로 창문에 떨어지는지. 않아는 느낀다. 그의 운지법을. 그 소리를 듣기만 해도 꿈속에서라도 그를 알아볼 것이다. 않아는 멀리 있어도 '그의 타법이다'라고 소리칠 것이다. 땅냄새, 공기 냄새, 습도의 정도, 구름의 냄새가 나는 운지법. 타법이 있다. 그것에 실린 손가락이 있다. 그 손가락이 밖의 무한을 앞에 놓고 안의 무한으로 떨어진다. 무한이 그의 피아노에 시달려 무언가를 도둑맞은 듯 멍한 표정을 짓고 떨어지고 있다. 시도 음악처럼 이런 타법이 있다. 그 시인만의 운지법이 있다. 이름을 가리고도 시의 리듬만 들으면 그/그녀를 알아볼 수 있는 시인이 있다. 않아는 이 풍경을 연주하는 그의 음악을 알아본다. 투명한 음악, 얼음 속에 소리가 봉인된 음악. 한번 돋으면 다시는 돌아가지 않아 진저리나는 음악. 이 음악이 나한테서 안 떨어져! 하는 음악. 그러니 빨리 연주를 시작해. 피아니스트의 고향에 도착하자 갑자기 환청처럼 그의 피아노 소리가 않아에게서 떠나지 않았다. 증명할 수 없었지만 이 풍경의 느낌이, 이 느낌의 풍경이 그의 운지법을 만들었다는 생각이 들었다. 풍경이 아물어가는 상처처럼 그를 조이고 들었으리라는 것도.

앓아의 룸메이트

앓아가 출판사에 다닐 때

그때는 인쇄하고 배포할 모든 신문과 단행본과 잡지에 대한 국가적 검열이 있었다.

책을 가제본해서 시청에 가지고 가면

군인들이 군복을 입고 마치 출판사 사무실에서처럼 모여 앉아 시인, 소설가, 저자 들의 원고를 검열했다.

출판할 수 없는 글자들과 페이지 위에 검은 콜타르를 칠해서 돌려주었다.

글자가 지워지는 이유는 알 수 없었다. 애록에서 금지곡이 되었던 노래들처럼 그 이유는 검열하는 자들만 아는 것이었고, 그 이유는 그 당시 애록에서 생산되던 책보다 더 많이 날마다 다양하게 생산되었다.

이를테면 건전하지 못하다든지, 군인을 희화화했다든지, 자유라는 단어를 썼다든지 이 인용은 안 된다든지 하는 것 등등은 평범한 것에 속했다.

앓아는 검열이 끝난 책을 찾아서 돌아올 때는 울지 않았지만 저자를 찾아가 저자의 책이 콜타르칠이 된 저간의 사정을 얘기할 때는 울었다.

생애 마지막 저작을 출간하려던 경제학자 ㄹ을 찾아갔을 땐 죽음의 병상 머리맡에서 저자의 죽음에 앞서 책의 죽음을 선언해야 했다. 그는 그 책의 출간을 보고 죽기를 바란다고, 부인이 대신 말해주었다.

병상의 경제학자는 말없이 울기만 했다.

그의 길쭉하고 주름진 안경 뒤에서 눈물이 귀 쪽으로 흘러내렸다.

않아는 극장에서의 공연에 맞춰 출간하려는 희곡집 담당일 때도 있었고, 소설책 담당일 때도 있었다.

않아에게는 책의 죽음을 나르던 시절이 있었다.

애록의 시청에 검은 콜타르만 구비한 검은 출판사가 있었다.

애록에 사는 모든 사람들이 부조리의 늪에 빠진 것 같은 나날들이 있었다. 슬픔의 성에서 곡하는 사람들이 쏟아져나와 바람처럼 거리를 휩쓸던 나날이 있었다. 매일 흐린 날만 계속되는 나날이 있었다. 꿈속의 꿈도 검열의 불빛 아래 놓이던 나날이 있었다.

않아는 출판사의 보잘것없는 무색 무취 무명의 말단 편집 사원이었다. 누가 앓아의 뺨을 갈기고 가도 아무도 알아채지 못하는. 왜 날마다 날씨가 흐릴까 이불 속에서 울먹거리는. 누구도 모르게 쓴 시들을 문예지에 투고한 사원.

한번 발설된 이야기는 이제 그 누구의 것도 아니다.

이야기는 이야기의 나라에서 살아갈 뿐. 앓아의 삶은 이야기의 삶과 별개로 놓인다.

앓아에게는 아직 솟아오르지 못한 그 시절의 얘기와 몸짓들이 차곡차곡 쌓여 있다. 죽은 화산들처럼.

꿈으로 들어갈 때 신는 신발

사람들은 죽으려 할 때 왜 신발을 벗을까.

벗어놓은 몸처럼 고통스럽고 끔찍한 모습의 신발이 다리 위에 놓인다.

낯선 길에서 낯선 '나'를 만나게 된 것 같은 모습처럼.

거울에 비춰진 '나'를 보고 화들짝 놀란 '내' 모습처럼.

어떤 신발은 않아보다 더 빨리 늙어간다.

일평생 않아가 끌고 다닌 그 많은 신발들은 다 어디로 갔을까.

그들은 않아가 꿈꾸러 갈 때 착용하는 신발이 되었을까.

버려진 신발은 그 꿈의 공장으로 들어갈 때 신는 신발이 되어 다시 돌아오는 걸까.

이 세상도 않아를 한 켤레 신발처럼 신다가 버리는 것일까.

않아가 그 누군가의 신발 한 켤레처럼 터덜터덜 걸어간다.

누군가가 꿈으로 들어갈 때 신는 것이 이미 되어버렸는지 오른발 왼발 번갈아 내밀며 터덜터덜 걸어간다.

단식

십일 일째
소문과는 달리
아무것도 먹고 싶지 않았다.
나중에는 물도 먹기 싫었다.
다만 하늘의 꺼풀이 벗겨지고 벗겨졌다.
앓아는 하루종일 알처럼 도르르 말린
그 파란 꺼풀을 벗기고
벗기다 말고
이래가지고선 평생 벗겨도 모자라지 싶어
뜬구름 같은 미음을
청해 마셨다.
십일 일 만에 예보도 없었는데
뜨거운 가랑비가 내렸다.

마지막 말

　이 글과 그림들은 '고독존자 권태존자'라는 제목으로 약 팔 개월 간 연재되었습니다.(그러나 엄밀히 팔 개월이라 말할 수는 없습니다. 7×7＝49일간 연재를 중단했기 때문입니다. 그때2014년 4월 이후는 살아 있는 것이 무척이나 부끄러웠습니다. 도대체 영혼이 부끄러워 견딜 수가 없었습니다. 연재하던 글의 제목을 끝없이 후회하고, 글을 발설하는 자의 별명尊者을 후회했습니다. 안산에 있는 제가 근무하는 학교서울예술대학교에 출근하기 위해 역에 내리면 역 앞에 늘 서 있는 버스에 플래카드가 붙어 있었는데, 거기엔 '상담해드립니다'라는 문구가 적혀 있었습니다. 그것을 볼 때마다 '바람은 꿈 분석을 싫어한다, 바람은 집중 치료를 싫어한다' 같은 밑도 끝도 없는 말이 미친 사람처럼 자꾸만 중얼거려지기 시작했습니다. 난데없는 그런 중얼거림이 다시 연재를 시작한 계기가 되었습니다.)

　저는 이 연재를 시작할 때도 끝낼 때도 제 이름을 밝히지 않았습니다. 독자들에게도 혹시 글쓴이의 이름을 깨닫게 되더라도 이름을 밝히는 스포일러는 되지 말라고 경고했었습니다. 인터넷 공간에 연재되는 글 뒤에 붙는 댓글이 '나'라는 사람과 무관하게, 그곳에 쓰인

글만으로 읽혀지길 바랐기 때문이었습니다.

  늘 투명한 시에 이르고 싶었습니다. 이런 갈망이 나날이 깊어지니 유체이탈이 자주 일어났습니다. 내가 나를 멍하니 바라보는 시간. 이렇게 몸을 이탈한 경험들 때문에 불안과 고독과 권태가 차례대로 엄습했습니다. 이런 악순환에 괴로워하다보면, 또다시 문득 첫 경험인 듯 무언가가 둥싯 떠올랐습니다. 부피는 있는데, 무게는 없는 그것이. 몸을 버린 냄새와 같은 그것이, 소리와 같은 그것이, 이미 유령이 된 그것이. 이런 반복으로 불안과 고독과 권태가 나의 시의 형이상학이 되었습니다. 신비 없는 우주가 되었습니다. 그러나 이제 와서는 몸을 버리고 떠올라 '나'를 내려다보는 그것을 시적 발생이라고 부를 수도 있겠다고 생각하게 되었습니다. 시적 발생이라는 타자가 몸에서 불쑥 솟아오르면 나의 테두리 반경이 한없이 늘어나고, 나라는 개인의 경계가 흐릿해진 상태가 됩니다. 이 상태 속에서 '시산문' 같은 어떤 관찰의 결과물이 생겨나기도 했습니다. 나는 노숙자에 대하여 쓰는 척했지만 사실은 나를 쓰고 있었습니다. 나는 모차르트에 대하여 쓰는 척했지만 사실은 나를 쓰고 있었습니다. 나는 도시를 떠도는 저 개를 쓰는 척했지만 사실은 나를 쓰고 있었습니다. 나는 쓰는 척했지만 저 아래 저렇게 낯선 바닥인 또다른 나를 쓰고 있었습니다. 글쓰는 나는 이미 써진 삶입니다. 그것을 이렇게 복원하고 있습니다.

이것을 시라고 하면 시가 화냅니다. 이것을 산문이라고 하면 산문이 화냅니다. 시는 이것보다 높이 올라가고, 산문은 이 글들보다 낮게 퍼집니다. 이것은 마이너스 시, 마이너스 산문입니다. 이것을 미시미산未詩未散이라고 부를 순 없을까, 시산문Poprose이라고 부를 순 없을까, 시에 미안하고 산문에 미안하니까. 이것들을 읊조리는 산문이라고, 중얼거리는 시라고 부를 순 없을까, 생각했습니다. 나는 시로 쓸 수 있는 것과 산문으로 쓸 수 있는 것이 다르다고 생각해왔습니다. 그러나 이번엔 그 두 장르에 다 걸쳐지는 사이의 장르를 발명해보고 싶었습니다. 이 글은 나를 관찰하면 할수록 불안이 깊어지는 사람이 쓴 글입니다. 권태와 고독이 의인화된 사람이 된 그 사람이 쓴 글입니다. 그 사람을 나라고 불러본 사람이 쓴 글입니다. 이 글들은 장르 명칭이 있는 것이 아니라 저멀리 존재하는 미지의 나라, 애록AEROK에서 가장 멀리 있는 별자리, 생각만 해도 현기증나는 그 멀고먼 나라, 시의 나라를 그리워하면서 쓴 글입니다. 시 같은 것도 있고, 산문시 같은 것도 있고 단상 같은 것도 있습니다. 소설을 쓰는 마음으로 시를 쓴다는 김수영의 말, 산문을 쓸 때도 자신은 시인이라는 보들레르의 말 사이의 길항을 붙들고 쓴 글입니다. 쓰는 동안에 거룩함이라는 쾌락, 연민이라는 자학, 건전함이라는 기만에만은 빠지지 말자고 다짐했습니다. 민정과 윤정, 필균에게 감사의 인사를

433

전합니다.

2016년 3월

김혜순

"나는 매일 일기를 쓰듯, 그렸다. 하루 일을 끝내고 잠들려고 하면 잠과 현실 사이 입면기 환각 작용이 살포시 상영되듯이 나에겐 어떤 '변용'의 시간이 도래했다. 자정이 가까워오는 시각이면 구체적 몸짓과 감각, 언어로 경험한 하루라는 '시간'이 물질성을 입거나 형상화되어 나를 찾아왔다. 나는 시간의 변용체인 어떤 형체를 재빨리 스케치해두고 잠들었다. 그것은 대개 하루 동안 나를 엄습했던 감각의 내용들을 기록한 것이라 해도 되겠다. 내 일기가 점점 쌓여갈수록, 나는 폴 크뤼첸Paul Crutzen이 말한 대로 우리의 지구가 신생대 제4기 충적세Holocene, 인류가 급팽창하여 지질을 급속도로 바꾸는 인류세Anthropocene를 지난다고 주장한 견해를 나의 '일기적 형상'들로 감각하고 있다고 생각했다. 나의 형상들은 보이는 세계와 보이지 않는 세계 사이에서 생겨난 에일리언들 같았다. 나는 그 형상들에 이름을 붙여주면서 나 또한 '이피세LeeFicene'라는 시기를 통과하고 있다고 생각했다." 〈이피의 진기한 캐비닛The Cabinet of Fi's Curiosities〉 전시 카탈로그에서 인용함.

글과 함께 드로잉이 게재되면 드로잉은 글의 재현이나 해석으로 취급되는 경우가 많다. 글에서 영감을 받은 삽화쯤으로 취급을 받을 때가 많다. 그렇지만 이번 드로잉은 글의 미술적 재현이 아니다. 이 글들 이전에 드로잉이 존재했었다는 것을 밝히고 싶다. 나의 여러 드로잉들 중 하나나 둘을 골라 글 옆에 놓아드렸다. 둘 사이에 '케미'가 생기면 좋겠다고 생각했다.

2016년 3월

이피

개정판에 부처

『앉아는 이렇게 말했다』가 처음 출간되었을 때 마포구에 있는 한 카페에 젊은 시인 수십 명이 모였다. 그들이 이 책의 글을 하나씩 읽어주었다. 읽기 전에 짧게 얘기도 해주었다. 카페에 시인들이 너무 많아서 밖에 서 있는 시인들도 있었다. 읽는 이도 듣는 이도 다 시인이었다. 나는 창가에 앉아 안의 시인들과 밖의 시인들을 보았다. 나는 이 장면들을 잊지 않으리라 생각했다. 다정하고 감동적이었다. 그 밤이 무한히 아름답고 귀했다.

이 책에 실린 글들을 문학동네 네이버 카페에 연재할 때 강윤정 편집자가 늘 자신이 여행한 얘기, 날씨 얘기, 음식 얘기 등을 하면서 내 원고들을 수거해주었다. 심지어 큰 하늘과 큰 바다 사진을 보내주기도 했다. 힘이 되었다. 나는 원고를 보내고 나서 그의 교정본과 함께 오는 그의 한 주일 얘기를 기다렸다. 그는 내가 연재를 중지할 때도 참고 기다려주었다. 이번에 그가 또 이 책의 교정을 봐주었다. 이렇게 한 사람에게 몇 년에 걸쳐 계속 신세를 지는 일도 드물 것이다. 감사드린다.

이 책이 처음 출간되고, 다시 개정판을 출간하는 기간 동안에 나의 아버지가 돌아가시고, 연이어 어머니가 돌아가시고, 나는 강의를 그만두게 되었다. 한꺼번에 차례대로 많은 일이 일어났다. 이 책 속에 살아 있는 인물들 가운데 지금 내 곁에는 없는 이가 많다. 지금 썼더라면 아마 이보다 더 어둡고 습한 생물들이 이 책에 가득했으리라 짐작해본다. 다시 읽어보니 지금의 나와는 다른 나와 지금의 우리나라와는 다른 나라 애록이 있었다. 사람들과 세상은 한시도 가만히 있지 않는다. 비물질도 한시도 가만히 있지 않는다. 모두 생명의 본성에서 자꾸만 멀어진다.

이 책을 출간하고 난 후, 시산문이라는 장르 명칭이 여기저기 보이고, 여러 시인들이 시산문이라 이름 붙인 책들을 출간했다. 이 책이 장르와 시간의 경계를 넘는 데 기여한다면 반갑겠다.

2022년 10월
김혜순